お世話になっております。陰陽《onmyo》課《ka》です

峰守ひろかず

イラスト★四季アミノ
デザイン★木村デザイン・ラボ

お世話になっております。
陰陽《onmyo》課《ka》です

峰守ひろかず

日本国憲法　第十五条　2
すべて公務員は、全体の奉仕者であつて、一部の奉仕者ではない。

地方公務員法　第三十条
すべて職員は、全体の奉仕者として公共の利益のために勤務し、且《か》つ、職務の遂行に当つては、全力を挙げてこれに専念しなければならない。

一話　新入職員、初出勤日に戻橋《もどりばし》で妖怪に襲われしこと

一條大宮《いちじょうおおみや》なる所《ところ》に、頼光聊用事《よりみついささかようじ》ありければ、綱《つな》を使者《ししゃ》に遣《つかわ》さる。（中略）一條堀川《いちじょうほりかわ》の戻橋《もどりばし》を渡《わた》りける時《とき》、東《ひがし》のつめに、齢《よはひ》二十余《はたちあまり》と見《み》えたる女《おんな》の、膚《はだ》は雪《ゆき》の如《ごと》くにて、誠《まこと》に姿幽《すがたゆう》なりけるが（中略）頓《やがて》て厳《うつく》しかりし姿《すがた》を替《か》へて、怖《おそろ》しげなる鬼《おに》に成《な》りて、いざ我行《われゆ》く處《ところ》は、愛宕山《あたごやま》ぞといふままに、綱《つな》が髻《もとどり》を掴《つか》みて提《ひっさ》げて、乾《いぬい》の方《ほう》へぞ飛《と》び行《ゆ》きける。

（『平家物語　剣巻《つるぎのまき》』より）

「……っ！」

食いしばった歯の隙間《すきま》から、かすれた悲鳴が短く漏《も》れた。

危機感と恐怖が募る中、首筋に滲《にじ》んだ冷や汗がおろしたてのスーツの襟元《えりもと》に染み込んでいくのが分かる。激しい悪寒に耐えながら後ずさりすると、右手が何かにぶつかった。石造りの橋の欄干だ。「戻橋《もどりばし》」と刻まれた銘が、視界の端にちらりと映った。

人は、本当に危ない時でも、目に映った文字をつい読んでしまうものらしい。

そんなことを思いながら、火乃宮祈理《ひのみやいのり》は橋の上をさらに後退した。できれば回れ右して走って逃げたいところだが、脚が――いや、全身が震えてじりじり下がるのが精一杯だ。それに、背中を向けるのも危ないし……。

瞬間、ぐきりと祈理の足首に衝撃が走った。バランスが崩れ、小柄な体が橋の上に転がる。慣れないパンプスのせいだと気付いた時にはもう、祈理は橋に尻餅《しりもち》を突いていた。タイトスカートの尻に冷たく堅い感触が伝わり、じいんと鈍い痛みが広がる。

これだからヒールの高い靴は！　今日からの仕事用に買ったスーツなんだから、汚さないよう気を付けてたのに……！　思わず内心で悪態を吐《つ》くのと同時に、荒っぽい息遣いが再び耳に届いた。

血に飢えた猛獣の呼気か重機のアイドリングを思わせる音に、一際ぞくりと背筋が冷える。立ち上がろうとしたが腰と足とが動かない。腰が抜けるというのはこれか。怯える意識の隅で理解しながら、祈理は眼鏡《めがね》越しの視線を前に向けた。

　春とは言えまだ四月になったばかりなので、日が落ちるのは早く、この時間でもう薄暗い。目の前に左右に広がる大きな通り――確か「堀川通《ほりかわどおり》」――を行き交う車はそろそろヘッドライトを灯し始めており、コンビニやビルからも灯りが漏れている。そんな当たり前の街中の風景の手前に、それは確かに立っていた。

　依然、それの姿は見えない。いくら目を瞬いても細めても、ぼんやりとした人型の輪郭が見えるような気がするだけだ。声や呼吸音だって、実際に聞こえているわけでは――即ち、空気が振動しているわけではなさそうだ。

　だが、目と鼻の先にそれが存在していることは、もう疑いようのない事実だった。理屈ではないがそう感じられるのだから仕方ない、と祈理は思った。

　気配だけで構成されるそれの形は人間に似ていたが、大きさは三メートル近くあるようだ。ゴリラじみた両手は異様に大きく、頭の上には角が生えている……ような気もする。つい冷静に観察してしまった祈理の前で、それは意識に直接伝わる声で吠《ほ》えると、巨大で透明で実体を持たない右手を振り上げた。

　やばい。と言うかこれはもう駄目だ。

全身の毛がぞわあぁっと逆立つ中、本能的な恐怖と覚悟、そして深い悔恨が、祈理の心中に湧き上がる。この就職難の時代に、念願叶《かな》って公務員になれたのに。

なのに、こんなところで訳も分からず終わるのか……！

と、そう思ってしまったのと同時に、小さな問いがふと浮かぶ。

そもそも、だ。

わたしは、どうしてこんなことになっているんだっけか。

☆☆☆

京都市の中心地、御池《おいけ》通と寺町《てらまち》通が交差する位置に、京都市役所の本館はある。

灰白色のレトロな外観が特徴の左右対称の巨大施設は、グラウンドほどもある広々とした前庭と相まって、近代的なビルの立ち並ぶ一角では一際目立つ。建造時のまま保持されている外観に対し、中は幾分か改築されてはいるが、ものが昭和初期の建物なので、やはり柱は大きく窓は小さく廊下は狭く薄暗い。

そんなノスタルジックでやや非機能的な建物の三階、環境福祉局局長室で、祈理は目の前の机に座った男性から手渡された辞令書を訝《いぶか》りながら読み上げていた。

「『京都市環境福祉局　生活福祉部　いきいき生活安全課勤務を命じる』……？」

時刻は四月一日の午後三時五十六分。祈理が戻橋で不可視の気配に襲われる約一時間前のことである。祈理を含めた新採職員の出勤初日である今日は、まず朝から市長の訓示を聞く入庁式、法に基づいて真摯《しんし》に働くことを誓う宣誓式があり、その後、公務員としての心構えや市民への応対についての基礎をざっくり学ぶ一斉研修を受講させられた。で、研修が終わった後、各自の配属先へ分かれる段になって、祈理はここ局長室へと呼ばれ、手元の辞令書を示されたのだ。

一緒に渡された首かけ式の名札にも「いきいき生活安全課　主事補　火乃宮祈理」とある。それらを見比べ、祈理は軽く困惑した。聞いていた話と違うな、と思いながら顔を上げると、正面の窓ガラスに映る自分と目が合った。

身長百五十三センチ。小柄で痩せた体に着慣れない感のあるスーツを纏《まと》い、アップにしてまとめた髪に青のフレームの小ぶりな眼鏡、やや太い眉と大きめの目。あまり面白くもない、そしていかにも新社会人らしい出で立ちを確認すると、祈理は眼前の机に座る男性、即ちこの部屋の主に向き直った。

「あの。質問よろしいでしょうか」

「何だね」

先ほど祈理に辞令書を渡した男が、抑揚のない声で応じる。四十代半ばのがっしりとした長身の男性で、髪をぴったりと後ろに撫《な》で付けている。面長の顔は彫りが深く、細長く小さな目が印象的だ。グレーのスーツの襟には、円の中に菱形《ひしがた》が三つ交差するデザインの京都市の市章が輝き、胸元に下がった名札には「環境福祉局局長　磐蔵立《いわくらたつ》彦《ひこ》」と記されていた。

「三月にいただいた連絡では、わたしの配属先は総務課と聞いていたのですが」

「事情が変わってね」

祈理が言い終えるより先に、磐蔵が曖昧《あいまい》な答を発した。デスクに広げていたファイルを閉じながら、環境福祉局の局長は一本調子な声で「よくあることだ」と言葉を重ねる。みんながみんな京都弁を話すわけではないんだな、と祈理はふと思った。

「役所の仕事というものは、常に臨機応変でなくてはならない。自治体はいわば巨大で気まぐれな生き物で、この京都市のように歴史のある街の場合はなおさらだ。想定外の事態で予定が狂うことは日常茶飯事だ。異論もあろうが、火乃宮君にも慣れていって貰《もら》いたい。不満かね？」

祈理を見上げた磐蔵が淡々と語る。漠然とした話し方だったが、要するに、年度末に急に誰かが辞めたりして人手が必要になったとか、そういうことなのだろうと祈理は理解した。予想外の事態ではあったけど、念願の公務員として働けることには変わりないわけで、異論などは全くなかった。

――私は、国民全体の奉仕者として公共の利益のために勤務すべき責務を深く自覚し、日本国憲法を遵守《じゅんしゅ》し、並びに法令及び上司の職務上の命令に従い、不偏不党かつ公正に職務の遂行に当たることを固く誓います。

数時間前の宣誓式で唱和した文言《もんごん》が思い起こされる。ああ言った手前、いきなり配属に反論することはできないし、あの信念に則《のっと》った仕事であるなら文句もない。自分を納得させると、祈理はこくりとうなずいた。

「分かりました。公務員として働けるのであれば、どこでも構いません」

「明快な返事をありがとう。ところで、今『公務員として』と言ったが、君がこの職を志した理由は聞いてもいいかね。今後は私が上司になるわけだから」

「はい。明文化された規則に基づき、私情に依って便宜を図ることなく、あくまで公平に行動するという在り方に魅力を感じたためです」

最終面接でも口にしたフレーズを、祈理は淀《よど》みなく繰り返してみせる。それを聞いた磐蔵は、良い答だ、と言いたげにうなずいた。

「では、実際に採用された立場としての抱負などは？　面接のようになってしまって申し訳ないが、部下には必ず聞くようにしているものでね」

「一日も早く、全体の奉仕者という表現に相応《ふさわ》しい職員となることです。憲法第十五条および地方公務員法の第三十条に謳《うた》われた『全体の奉仕者』という概念は、社会を構成するあらゆる存在のために平等に働く、公務員という職を象徴した言葉だと考えています。市の職員として採用いただいたからには、このフレーズを常に胸に抱き、法に則って市民に平等に接することをいつでも心がけ――」

「なるほど、よく分かった」

ヒートアップし始めていた祈理の長い口上を、磐蔵の乾いた声が遮る。話の腰を折られてきょとんと目を瞬いた祈理に、磐蔵は細い目を向けた。

「一言二言で良かったんだがね。まあ、その意気でよろしく頼むよ。他に質問は」

「はい。いきいき生活安全課というのは、具体的に何を担当する課で、どこにあるんでしょうか？　環境福祉局の中に――いえ、京都市の八局百三十一課の中に、そんな名前はなかったように思うのですが……。新設された部署ですか？」

「……組織図を全部覚えているのか？」

「自分の働く場所のことですから、一通りは。それが何か？」

「失敬。感心しただけだ。面接で基本構想や市民憲章を暗唱したと人事課から聞いた時は、話を盛っているだろうと決めつけてしまったが、あれも本当なのかね」

「は、はい……。途中で止められましたけど」

自分を凝視する視線に居心地の悪さを覚えながら、祈理は小さく首肯した。一緒に面接を受けた就活生達にも奇矯《ききょう》な目で見られたことを思い出し、少し顔が赤くなる。

短大とは言え法学部出身なので条文暗記には慣れているし、そもそも、そこで働こうというのであれば規則を覚えるのは当然だと思うのだが、そこまで説明すべきなのかどうなのか。辞令書を手にしたまま祈理が逡巡《しゅんじゅん》していると、磐蔵は「なるほど」と独り言ち、A5サイズの簡略な地図をデスクから取り出して祈理に示した。

「いきいき生活安全課は別館にある小さな課だ。少々特殊な部署なので一般向けの組織図には明記されていないが、歴史の長い課だよ。出勤は明日からだが、今日中に顔だけは出しておくように。地下鉄を使えば、二十分ほどで着くだろう」

「分かりました」

「仕事の内容も説明しておくべきところだが、この後年度初めの管理職会議があって時間が取れない。向こうで聞いてくれたまえ。あと、名札は別館に着いてから付けること。市役所の職員が街中をぶらぶらしていると思われると、クレームに繋《つな》がりかねないのでね。この類の配慮は面倒だろうが、慣れて貰うしかない」

「あっ、はい。了解です」

首に提げようとしていた名札を戻し、祈理は地図に目を通した。丸太町《まるたまち》駅や今出川《いまでがわ》駅、京都御苑《ぎょえん》などが並ぶ中に、矢印で市役所別館の位置と電話番号が示されている。試験や面接の時に市役所周りはリサーチ済みだが、このあたりは初めてだ。と言うか、どのあたりなのかもよく分からない。でもまあ、京都は観光地だけあって案内板が多いし、市の建物だったら行けばすぐ分かるだろう。何とかなるはず、と自分に言い聞かせ、祈理は再度顔を上げた。

「それと、もう一つだけ質問よろしいですか？　寮のことなのですが」

「寮？　ああ、職員寮のことかね」

「はい。わたし、そこに入居させていただくことになっているんです。家具付きの独身寮があるんですよね？　最低限の荷物だけ送っておけばいい、一日にならないと入れないから初日の研修の後に案内すると通知をいただいたんですが」

「そのことなら聞いている。荷物も届いているはずだ。幸い、寮は別館の近くだから、向こうで案内して貰うといい」

落ち着いた声で回答すると、磐蔵は小さくうなずき、閉じていたファイルをまた開いた。話は終わりだ、行っていいと言いたいらしい。というわけで祈理は「失礼します」と一礼し、書類をバッグに入れて局長室を出た。現在時刻は十六時八分。別館には二、三十分で行けるらしいから、今からだったら五時前には着けるはずだ。

☆☆☆

「五時前には着けるはず……だったんだけど……」

局長室を出て小一時間後。上京区《かみぎょう》の一角、京都市を南北に貫く堀川通の片隅で、祈理はおろおろしていた。手元の携帯が示す時刻は十七時二分。役所の窓口はもう閉まる時間だというのに、未だ市役所別館は見つかっていなかった。

右手には小さな川が流れ、逆を見れば車の行き交う四車線の大きな通り。川と歩道を隔てる柵《さく》の手前で、祈理は完全に迷ったことをようやく認めた。

思えば、地下鉄を降りたところで外国人観光客に道を聞かれて応じたのがそもそも失敗だった。一緒に地図を見たり不慣れな英語で話したりしているうちに時間はどんどん経ってしまい、結局相手は業を煮やしてどこかへ行ってしまった。地元の者じゃないんです、こっちも急いでるんですと言えば向こうも納得してくれただろうに、「今日からはこの街の職員なのだから」などと思って頑張ってしまったのがまずかった。自分は優先順位の付け方が下手《へた》であることを、祈理は改めて痛感した。

しかも、そのタイムロスに加えて現在地まで見失ってしまったのだから始末が悪い。元来、祈理は文章を覚えるのは得意だが、図面を読んだり位置関係を把握したりするのは苦手なのだ。平たく言えば酷い方向音痴であり、シンプルな地図だけで迷路のような京都の裏通りに挑むのははっきり言って無謀だった。

そもそも京都の市街は難しいのだ、と祈理は思った。平安時代以来の伝統に基づき、碁盤の目状に大きな通りが走っているという構造からしてややこしい。地図で見ている分には明快に思えるが、実際に現地に立つと縦にも横にも似たような道が走っているため、東西南北が分からなくなり、すぐに現在位置を見失う。どこに行っても観光客がいるので、うろうろしていても怪しまれないのはありがたいけれど……。

「ええと、この川が堀川で、道の向こうにあるのが晴明神社《せいめいじんじゃ》だから……」

磐蔵局長から貰った地図と携帯に表示した地図を見比べ、今いる場所を確認する。道の向かいには大きな鳥居がそびえ、五芒星《ごぼうせい》の記された提灯《ちょうちん》が掲げられていた。平安時代の陰陽師《おんみょうじ》、安倍《あべの》晴明を祀《まつ》った晴明神社である。

祈理はオカルトや伝説には明るくないが、テレビで見た映画のおかげで安倍晴明の名前くらいは知っていた。お札で悪霊と戦ったり、式神とか言う妖怪を使役したりする人だ。こんな街中《まちなか》に祀られているのは意外だったが、観光している時間はない。

「行き過ぎた？　でも、それっぽい建物なんかなかったし……」

困惑のあまり独り言が漏れていたが、気にしている余裕はなかった。地図で示されたはずの一帯にあったのは、狭い間口《まぐち》の木造の町屋《まちや》や煙草屋、古い学校や病院、あとは喫茶店やバーの入った煉瓦《れんが》造りの細いビルくらいだ。しかも気が付けばあたりは徐々に暗さを増しており、不安と焦りがさらに募る。

そもそも別館なんて本当にあるのだろうか。そんな疑問がふとよぎる。ネットの地図や道端の案内板には市役所別館の記載はなかったし、地図の電話番号には何度掛けても誰も出ない。留守かとも思ったが、公共施設が新年度の初日から無人になるだろうか……？

「って、悩んでても仕方ないでしょう。探さないと！」

諦《あきら》めつつあった自分をどやし、祈理は携帯をバッグに戻した。雑な地図を見る限り、別館はここから南東に——そのあたりに役所らしき建物は絶対になかったと思うのだけど——あるようだ。行き過ぎたのは間違いないし、ひとまず戻るべきだろう。

というわけで東に折れる道を探しながら川と通りに沿って南下していくと、大きな柳の木に隠れるように石造りの橋が東へと伸びていた。二車線分の幅《はば》があるかないかの小さな橋だ。地図を信用するなら、この先の一帯のどこかに別館があるはず。

そう判断した祈理が、何気なく橋を渡り始めた——その数秒後。

「……え」

ふいに、祈理の背筋がぞくりと冷えた。

春先では有り得ない寒気に、不可解な声が思わず漏れる。同時に、後ろから生臭い風が漂い、祈理は思わず橋の中程で足を止めていた。

何、これ。後ろに何かいる……？

困惑の声が心中で響き、心拍数が上がっていく。冷や汗が額や首筋に滲むのを感じながら、祈理はおそるおそる振り返り——そして思わず息を呑《の》んだ。

「な……何？」

実体のない凶暴で危険な人型の気配が、祈理の目の前に立っていた。

輪郭はおぼろげで全身は透明で、物理的に存在しているのかどうかさえ定かではない透明な何か。それが何かは祈理には分からなかったが、とんでもなく危険なものだということは、直感的に理解できた。できてしまった。

——これは、とても怖いものだ。見てはいけない、会ってはいけないものだ。

本能が伝えるそのメッセージとともに、冷や汗の量と心拍数がさらに上昇し、祈理の体が一瞬固まる。そしてその直後、祈理が一歩後ずさったのと同時に、それは声にならない怒号を放ち、襲いかかってきたのだった。

☆☆☆

つい冷静に観察してしまった祈理の前で、それは意識に直接伝わる声で吠えると、巨大で透明で実体を持たない右手を振り上げた。

「ひいっ……！」

カチカチと震える歯の隙間から、悲鳴にならない声が漏れる。逃げなければとは思うが、へたりこんだ腰は抜けたまま動かない。

何これ。何こいつ！

心の中で声が響き続けているが、無論その疑問に答える者は誰もなく、それは構えた右手を勢いよく振り下ろす。依然姿は見えないが、グローブか熊手のような大きな手の先に鋭い爪があるのはなぜか分かってしまった。そして眼前に迫る狂気に祈理が半ば死を覚悟した――その時だった。

「おい、そこの！　ぼさっとしてるんじゃねえ！」

ガラの悪い男の声が後ろから届き、祈理はハッと我に返った。

誰、と問うより早く、祈理の腰にしなやかな腕が巻き付き、へたりこんでいた体を一気に肩に担ぎ上げる。目と鼻の先をそれの不可視の鉤爪《かぎづめ》が通過していく中、いきなり二メートル近い高さにまで吊《つ》り上げられ、祈理は今度こそ甲高い悲鳴をあげた。

「きゃ、きゃあああああっ！」

「うるせえぞ！　黙ってろ！」

担がれた姿勢で叫ぶ祈理に、至近距離から棘《とげ》のある罵声が投げつけられる。その声に引かれるようにそちらを向けば、初めて見る顔がすぐそこにあった。

ここでようやく祈理は、割り込んできた青年が自分を軽々と担ぎ上げてバックステップを踏み、あの透明な何かから助けてくれたことを理解した。

「ど、どなたか存じませんが……ありがとうございます」

「黙ってろっつったろ」

「は、はい……！」

鋭い命令に、担がれた体がぶるっと震える。米俵《こめだわら》のように持ち上げられたまま、祈理は目の前にある青年の横顔をまじまじと見た。

おそらく歳は自分より少し上、つまり二十代の半ばだろう。ぴんぴんと撥《は》ねた短い髪は白に近い銀色に染められている。少年らしさの残った顔立ちは整っており、色白の肌のきめは細かく透き通るようだ。そこまでは神秘的で綺麗《きれい》なのだが、目つきが恐ろしく悪いな、と祈理は失礼なことを思った。

ついでに言えば、口元に覗《のぞ》く歯が妙に尖《とが》っているのも怖いし、黒地にストライプの入ったスーツはともかく、真っ赤なシャツと白のネクタイの取り合わせはちょっと品がないのではないかしら。助けて貰ってこんなことを思うのも何だけど。

「って、そんなことより！　あれが来《い》ますよ！」

「あれじゃねえ。穏仁《おに》だ」

「え？　お、おにって――きゃあっごべっ」

問い返そうとした祈理の声が悲鳴に変わる。青年が祈理をぞんざいに後方へ投げ下ろしたのだ。腰を打ってのたうつ祈理に、青年はふと興味深げな視線を向けた。肉食獣を思わせる鋭い視線に、祈理は思わずびくっと震える。

「な、何でしょう……？」

「お前。あれが――穏仁が見えてるのか？」

「え？　いや、まあ、はい……。ぼんやりとですが」

「それで上等だ。つうことはお前、見鬼《けんき》か。最近では珍しいが――って、話は後だな。

邪魔だ、下がってろ！」

「はっ、はいっ……！」

何で命令されてるんだという疑問を感じる前に、祈理は反射的に即答していた。手首に引っ掛かっていたバッグを手繰《たぐ》り寄せてしっかり抱え、震える脚で立ち上がって青年の背に隠れる。

一方、青年はそんな祈理に見向きもしないまま、橋の上のそれを睨んでいた。この人、わたし以上にそれが――青年の言葉を借りるなら、「おに」が、はっきり見えているようだ。そんな風に思った祈理の前で、青年は細身の割に大きな肩をすくめてみせた。

「懐かしい場所に出やがって……。通報を聞いた時は嘘《うそ》吐けと思ったが、二十一世紀の世の中にこんな古式ゆかしいモノが出るとはな。一条《いちじょう》戻橋の穏仁は女から化けるはずだろうに、女を襲ってどうすんだ。平家物語を読んでねえのか？　つか、お前はどこの誰だ？　どこかで解放されたのか、それとも勝手に目覚めたか？　そもそも言葉は分かるのか、え？」

特に身構えもしないまま、ぶっきらぼうな口調で青年がそれに語りかける。だが、それは、狩りを邪魔されて怒ったのか、あるいは単に目の前のものに襲いかかる習性があるだけなのか、声にならない咆哮《ほうこう》を放つと、青年に向かって巨体を躍らせた。

「あっ、危ない！」

「オラァッ！」

祈理の悲鳴とほぼ同時に、青年は短い気合とともに右手を構えていた。

青年のまっすぐ立った人差し指と中指が、眼前に五画の図形を描く。五芒星を描いたんだと祈理が察した瞬間、電気が弾けるような音が響き、青年に飛びかかっていたそれの巨体が後方へと吹き飛んだ。

「……なるほどな。単なる暴力性の塊で、知性は一切ないってわけだ。実力行使は趣味じゃねえが、そういうことなら仕方ねえか……。ったく、こんなことなら厭鬼《えんき》の札でも作っときゃ良かった」

慌てて身を起こす透明な猛獣を前に、青年があからさまに溜息を吐く。銀色の短い髪をがりがりと掻《か》きながら、青年はそれにずかずかと近づき、「すまねえな」と小声で詫びて目を閉じた。

「──東海の神、名は阿明《あめい》、西海の神、名は祝良《しゆくりよう》、南海の神、名は巨乗《きよじよう》、北海の神、名は禺強《ぐきよう》……」

さっきまでとはトーンの変わった厳《おごそ》かな声が、橋の上に静かに響く。ふいに始まった謎《なぞ》の行為を、祈理は立ちすくんだままぽかんと眺めていた。

そいつは結局何なんですか、貴方《あなた》は誰で今何をなさってるんですか……？　聞くべきことは山ほどあったが、なぜか今は口を挟んではいけない気がした。そして祈理が固唾《かたず》を飲んで見つめる先で、青年はふいにカッと目を見開き、よく通る声を発した。

「四海の大神の御名の下に、百鬼を退け、凶災を蕩《はら》え！　急々如律令《きゅうきゅうにょりつりょう》！」

どこか少年じみた若々しい声が、凛《りん》と橋の上に響き渡る。

瞬間、ばすん、と何かが破裂する音が祈理の意識へと直に伝わった。透明な怪物が大きく膨れあがって弾けて消える様を前に、祈理はハッと息を呑んだ。

どうやら透明で危険なあの巨人は、青年のシャウトによって消滅し、とりあえず自分は助かったらしい。らしいのだけど……でも、これは一体？　わたしは何に巻き込まれたの？

喜びよりも疑問が勝り、素直に安堵《あんど》することができない。深呼吸で無理矢理自分を落ち着かせながら眼鏡のずれやスカートの裾を直していると、青年は祈理を無視したまま、こくりと小さくうなずいた。

「よし。こんなもんか」

一仕事終えたぞと言いたげな呼気が漏れ、男性にしては綺麗な手がネクタイを緩める。そのまま祈理が見つめる先で、青年はスーツの内ポケットから携帯を取り出し、どこかへ電話を掛けた。すぐに相手が出たようで、ぶっきらぼうな声が響く。

「あー、もしもし、五行《ごぎょう》だ。角隠《つのかくし》の爺《じい》さんか？　いや、通報のあったのは退治したから、一応報告をな。まさかとは思ったが確かに穏仁だった。え？　いや、だから、街中にいるあんたらのお仲間じゃねえよ。隠れる仁って書く方の、実体も知性もなくて暴れるだけの、古式ゆかしいデカブツだ。あんなものが今さら自然発生するとは思えないが……何？　よく聞こえない？　だからな、古い方の穏仁だったたって言ってんだよ」

橋の欄干にもたれかかりながら、青年はぞんざいな口調で話し続ける。一瞬、銀髪の下の鋭い目が祈理を向いたので、祈理は慌てて頭を下げ、感謝を示した。

いつの間にか日は完全に落ちている。市役所別館を早く探さなければいけないわけで、こんなところで油を売っている場合ではないのだが、電話中の彼にはちゃんとお礼を言わねばならないし、事情も聞きたい。なので、早くこの人の電話が終わりますように。祈理が念じながら待つ傍らで、青年は徐々に声量を上げていた。電話の相手はどうやら耳が遠いらしい。

「え？　穏仁くらい自分達で退治したかった？　分かってるくせにそういうことを言

うんじゃねえよ。あんたらの実力行使はこの街じゃ一律厳禁で、だから実働役の俺らがいるんだろうが。こういう汚れ仕事は、俺ら『陰陽課』の担当——何？　聞こえなかった？　ああもう、そっちに耳のいいのはいねえのかよ……。『陰陽課』って言ったんだ。陰と陽とで陰陽課！　正式名称は『いきいき生活安全課』！」

欄干に体重を預けたまま、青年が苛立《いらだ》たしげに電話に怒鳴る。そのガラの悪い声を聞いた瞬間、バッグを持って待っていた祈理はぎょっと目を丸くしていた。

……今、この人、「いきいき生活安全課」って言った……？

まさかその名をここで聞くとは思っておらず、眼鏡の奥の瞳が、驚きのあまり激しく瞬く。その発言を信じるならば、目の前の銀髪の青年は自分の配属先の先輩ということになるのだろうが、しかし、街をうろつく透明な怪物を退治するのが仕事って、どんな部署なんですか。それ以前に、この人が公務員？　この銀髪で偉そうで乱暴な人が、市役所の職員……？　そもそも「陰陽課」って何？

不安と困惑が再び波で押し寄せる。その間に青年は話を終えており、「じゃあな」と告げて電話を切った。青年は携帯をポケットに放り込んで立ち去ろうとしたが、傍らで呆気《あっけ》にとられている祈理が気になったのか、足を止めてじろりと睨《にら》んだ。

「何だその顔は。喧嘩《けんか》売ってんのか」

顰《しか》めた顔とガラの悪い声に、祈理の背筋がまた冷える。祈理はもともと度胸のある方ではないし、不良やヤンキーは大の苦手だ。すみませんでした、と頭を下げて逃げ去りたいのは言うまでもなかったが、ぐっとこらえて口を開く。まずはお礼だ。そして質問だ。

「あ、あの……助けていただいてありがとうございました」

「仕事だからな。気にしなくていいからとっとと帰れ」

「それが、そうもいかなくてですね……。さっき、『いきいき生活安全課』って名乗られてましたよね？　そこの職員の方なんですか……？」

「あん？　だったらどうした？」

祈理の反応が予想外のものだったのだろう、ただでさえ悪い目つきをさらに悪化させながら、青年が祈理に一歩近づく。百八十センチ強の長身に見下ろされると、威圧感が凄《すさ》まじい。祈理は悲鳴を漏らしそうな自分を制し、改めて目の前の青年に目を向けた。さっきまでは気付かなかったが、黒地にストライプの入ったスーツの襟には、磐蔵局長の付けていたものと同じ市章が光っている。それに気付いた祈理は慌てて姿勢を正し、名札を取り出して示した。

「あ、改めまして、初めまして！　本日付で入庁させていただき、いきいき生活安全課に配属されました、火乃宮祈理と申します！　よろしくお願いいたします！」

名札を名刺のように掲げたまま、深く一礼。数秒経って頭を上げれば、橋の袂《たもと》の街灯に照らされた青年の顔には深い困惑が浮かんでいた。そのまま祈理が静止し、次の言葉を待っていると、青年はこの上なく不審げに祈理を見返した。

「そういや、新人が来るって話、今朝になって聞かされたが……それがお前か？」

「はっ、はい！　よろしくお願いいたします、火乃宮祈理で」

「それはもう聞いた。で、何でその新人がこんな時間にこんな場所にいやがったんだ？　新入りだったら、今日は本庁で入庁式と研修だろ」

「ですけど、今日中に別館のいきいき生活安全課に顔を出して、説明くらいは聞いておけって言われましたから……」

ですが、地下鉄を降りた後、別館を探している間に迷ってしまって、さっきのあれに襲われたのです。かいつまんで事情を説明すれば、青年はあからさまに呆《あき》れながら名札を取り出し、心底嫌そうに名を名乗ったのだった。

「五行春明《はるあき》。いきいき生活安全課の主任で、京都市の公認陰陽師だ」

☆☆☆

「要するに、だ。俺やお前のいきいき生活安全課は、妖怪絡みの便利屋なんだ。難しい言い換えれば、京都市内の霊的治安の維持管理担当部門ってとこだな。課名が無駄に長ったらしい上に分かりにくいから、陰陽課って呼ばれることの方が多い」

「おんみょうか……ですか？」

「ああ。陰陽術や陰陽師の陰陽課だ。仕事の上では陰陽術をよく使うからな、実態に即した呼び名ってわけだ。で、俺が市役所お抱えの公認陰陽師。お前、陰陽師は分かるな？」

「え、ええ……。名前くらいは。安倍晴明みたいな人のことですよね、主任」

「それだ。陰陽五行、つまり陰気と陽気、木火土金水《もっかどごんすい》の五属性で世界を読み取り、自然を操る術を会得《えとく》し、天と地の照応関係を解読してその法則を利用する、一種の科学者であり技術者のことを言う」

「は、はあ……。えーと、いきいき生活安全課は通称『陰陽課』で、公認陰陽師がいて、陰陽師というのは一種の技術者で……。そういう資格があるんですか？」

「あるか、そんなもん。俺の場合は、たまたまそういう家に生まれて術を教え込まれただけだ。今時、実践的な陰陽術を使える奴なんかまずいないからな」

「なるほどなるほど。実際に使える人は貴重、と」

五行春明と名乗った青年に付いて歩きながら、祈理は聞いた内容を手元の手帳に書き付けていた。

戻橋での出会いと自己紹介タイムから十分ほど後である。祈理は「今日中に顔を出せと言われたし、寮の場所も聞かないと」と市役所別館までの案内を頼んだのだが、春明はそれをあっさり撥ねつけた。曰《いわ》く「もう定時だから別館には誰もいないし、挨拶なら明朝で充分。寮なら俺も住んでるから連れていってやる」とのこと。

そんな適当でいいのかと反論したい気持ちはあったが、そもそも自分が道に迷ったのが悪いのだし、同じ部局の上司で先輩にそう言われてしまえば仕方ない。というわけで祈理は春明に先導され、ついでに業務内容の説明を聞きながら職員寮へと向かっているのだった。

知らない夜道を歩きながらメモを取るのは難しく、手帳の文字はガタガタだ。できれば明るい部屋で座って聞きたい話だったが、そこまで贅沢《ぜいたく》を言うと怒られそうな気がしたので、祈理は大人《おとな》しく春明の後ろを歩いていた。もう日は完全に落ち切っており、民家に挟まれた一車線ほどの細い通りは薄暗く陰気だった。

京都といえば大きな街で、しかも国内有数の観光地。だから、神社仏閣の境内ならまだしも、市内はどこも街灯やネオンが煌々《こうこう》としているものだと祈理は思っていたが、むしろ普通の住宅街より暗いぐらいだ。物珍しさにあたりを見回していると、先を歩いていた春明がじろりと肩越しに振り返った。

「話聞いてるか？　仕事の説明しろっつったから話してるんだぞ」

「す、すみません主任！　ええと、つまり……いきいき生活安全課は、その……ようかい担当の部署なんですよね……？」

手帳のメモを見ながら応じれば、不信感全開の声が出た。説明して貰っておいてこの態度はどうかとは祈理も思う。思うのだが、京都には今も妖怪がいて、その妖怪達を管轄《かんかつ》する部署が市役所には存在しており、現役の陰陽師を擁《よう》しているのだと言われたら――しかもそこが自分の職場なのだ――こんな風になるのは当然だろう。

と、それを受けた春明は、再び前へと視線を戻し、「これだから面倒なんだ」と吐き捨てた。祈理に細い背中を向けて歩きながら、ぶっきらぼうな声を発する。

「お前。妖怪なんかいるのか、いるわけがないと思ってるだろ。正直に言え」

「え、ええ、はい……。非科学的ですし、非常識ですし」

「そう来ると思ったよ。じゃあ、だったらさっきお前が襲われたアレは何だ？」

「う！　そ、それはですね」

「ほら、説明できないだろうが。あれは穏仁、古いタイプの鬼神の一種だ。悩むのは勝手だが、いるんだから仕方ない。とっとと受け入れて楽になれ」

手帳を摑《つか》んで固まった祈理を嘲《あざけ》るように、春明が軽く肩をすくめる。祈理が反論できずにいると、先を歩く春明は少し声のトーンを落とし、しみじみと口を開いた。

「納得しがたいのは分からんでもないがな。あいにく、この街は——お前が勤めることになったこの街は、そういう場所なんだよ」

「そういう場所って言われましても……」

「うるせえぞ。今は俺が説明してやってるんだから黙って聞け。ここではな、平安遷《せん》都《と》以来、千二百年前からずっと、人と人ならざる者が共存してきた。最初の頃はトラブルもあったろうが、何百年も経てば上手《うま》い付き合い方も模索されるし、丸く収める仕組みや役職だってできてくる。そのお役目を担ったのが、古くは平安京に仕える陰陽師であって、今では俺ら」

「……いきいき生活安全課と公認陰陽師の主任なんですか？」

「そういうこった。分かったな」

「で、ですけど……！　妖怪の存在が当たり前だなんて話、全然知られてませんよね？　少なくとも、京都市はそのことを公表してない」

「当たり前だろうが」

呆れかえった一言が、祈理の反論を遮った。銀の短髪をがりがりと掻きながら、春明は後ろを歩く祈理を一瞥《いちべつ》し、先を続ける。

「知ってる奴は知ってるから教えてやる必要はないし、知らん奴に言ったところで余計な混乱を招くだけだ。わざわざこの課のためだけに別館が設けられたのは、何のためだと思うんだ？　敢えて隠してるんだよ」

「隠すって……そういうのは良くないと思うんですけど」

春明の説明を受けた祈理が、思わず不満を口にする。「公共の仕事は公明正大にあるべきですよ」と堂々と続ければ、先を歩く春明は再び祈理をじろりと睨んだ。

「何も知らねえくせに分かったような口を利くんじゃねえ。学級委員かお前は」

「だって、後ろ暗いわけでもないのに秘密にするなんて」

「昔っからそうやって回ってるんだからそれでいいんだ。それと、分かってるだろうが、今話した内容は、全部守秘義務の範囲内だからな。人に言ったりネットに書き込んだりするんじゃねえぞ。親兄弟や友人知人に仕事の中身聞かれたら、福祉系の出先だとでも適当に言っとけ」

背中を向けたまま、春明が冷たく命令する。そんなスパイみたいな市役所職員があってたまるか、と祈理は思ったが、反論してもまた睨み付けられるのがオチだろう。不承不承ながら祈理は小さくうなずいた。

「……分かりました。妖怪のことは言わないよう気を付けます」

「漏らしてクビになってくれても、俺としては構わないんだがな。どうせ誰も信じやしないし。ああ、それともう一つ。意味が通じやすいから俺もつい使っちまうんだが、その『妖怪』ってのはやめろ」

よく分からないことを言い出す春明である。祈理がきょとんとしていると、春明は「差別用語って言う奴もいるんだよ」と説明を重ねた。

「妖怪だって一端《いっぱし》の人格と個性を持ってる街の一員で、税金だって納めてるのに、『妖しい』に『怪しい』はないだろう！ って意見がな、昔っからあるんだ。だから俺らは、連中をひっくるめて『異人さん』とか『異人』って呼んでる」

「いじん……ですか？　偉い人って意味の？」

「異なる人と書く方だ。公文書や規約でもこの言い方が基本だから覚えとけ」

そこまで話すと、春明はふいに静かになった。とりあえずの説明は終わったと言いたいらしい。祈理は「市民の妖怪→異人」と手早くメモし、手帳に記した内容を改めてざっと見直した。

二十センチほどのバインダー式の手帳は、短大に入った頃から使っていた愛用品だ。その見慣れた手帳の見慣れたページに「妖怪」や「陰陽師」といった非現実的な言葉が並ぶ様はどこかチグハグで不安を誘う。課の在り方に納得できない思いを抱えたまま、祈理は「大丈夫かな」と自問し、不安げな溜息を落とした。

「これって、さっきの穏仁みたいなのと関わるお仕事なんですよね？」

「何だ。怖くなったのか」

「ちょっとだけ……。わたし、ちゃんと役に立てるかなって思うと、つい」

「そっちかよ！」

呆れた春明が大きな声を夜道に響かせる。びくっと怯えて立ち止まった祈理の前で、春明はこれ見よがしに首を振り、回れ右して祈理を睨んだ。

「そこは普通、自分の身を案じるところだろうが。どんな奴でも最初は給料泥棒なんだから、いきなり役に立とうとしなくていいんだよ。わざとらしくメモを取ったりして優等生ぶるのも結構だがな、まずはてめえの身と命を守ることだけ考えてろ。怪我でもされたらこっちが困るんだ！　分かったかド新人！」

ポケットに手を突っ込んで肩をいからせながら、春明が祈理を見下ろして言う。感情が昂《たか》ぶると声が高くなる癖があるのか、少年っぽい声を至近距離から浴びせられ、祈理は反射的に謝りそうになったが、そこで自分を押しとどめた。

そりゃあ確かに最初は役に立たないかもだけど……と祈理は考える。いきなり怒られる謂《いわ》れはないし、優等生ぶろうと思ってメモを取ってるわけでもないのに、そんな言い方はないだろう。

「決めつけないでください、主任。正式に採用されて配属された以上、わたしだって市の職員なんです。ちゃんと市民の役に立ってみせます」

「……ほーう」

「な、何です、その馬鹿にしたみたいな言い方」

「実際馬鹿にしてるんだよ。じゃあ聞くが、お前、京都の地理には明るいか？」

嘲るような問いかけに、祈理はうっと口ごもり、そして怒りを覚えた。別館の場所が分からず迷ってたのを知ってるくせに、それを聞きますか。

「そ、それは……これから覚えます。記憶力には、一応自信が」

「それじゃ遅いんだよ。てか、関西人なら少しくらい素養があるだろ。出身は？」

「千葉ですが……」

「千葉？　関東じゃねえか。またえらく遠くから来たもんだな。なんでわざわざ」

「公務員目指してあちこち受けたんですけど、京都市しか受からなかったんです」

どうしてこんなことまで説明しなくちゃいけないのだ。不満を覚えつつ目を逸らしつつ、ぼそぼそと語れば、春明は「ははーん」と言いたげに目を丸くした。

「はー、それはそれは。よっぽど頭が悪い――いや違うな。当ててやろうか。ペーパーテストは受かったものの、面接であらかた落ちたんだろ。違うか？」

「ち、違いませんけど……どうして分かるんです……？」

「口の利き方で見当は付く。最近の公務員業界は志望者多いからな、空気が読めないクソ生意気な新人なんか誰も欲しがらねえよ。つうか、よく京都市受かったな」

「それはわたしも思います……。ですが、採用して貰ったからには、一日も早く立派な公務員になれるよう頑張りますから。全体の奉仕者という概念を体現した職員となるべく、たゆまぬ努力を」

「うるせえぞ。演説したけりゃ、三条京阪《さんじょうけいはん》あたりでやってこい。あのへんはストリートミュージシャンが多いから、お前も受け入れて貰えるだろうよ」

熱を帯びつつあった祈理の言葉を乱暴に遮り、春明が大きく肩をすくめる。露骨な嘲りに祈理はついムッと睨んだが、春明は意に介さずに先を続けた。

「ともかく、土地勘はゼロ、と。なら体力はどうだ？　運動部には入ってたか？」

「……入ってません。中学以来、ずっと生徒会や自治会でしたから」

「なるほど、確かにそんな顔だな。じゃあ陰陽道の心得はあるか？　ないよなあ。妖怪や伝承には詳しいか？」

「……全然です」

「なるほど、よく分かったよ。それでよく役に立つとか言えたもんだ。だったら最後に、度胸は──って、これは聞くだけ無駄か。穏仁に襲われた時、うろたえてるだけだったもんな、お前」

そこで話を区切ると、春明は忌々《いまいま》しげに頭を掻き「何でこんなド素人《しろうと》を寄越しやがった！」と聞こえよがしに言い放った。反論できない祈理の前で、スーツ姿の上司は無言で背を向け、苛立ちを隠そうともしないまま歩き出す。その背に言葉を掛けようとして、祈理はぐっと声を飲み込んだ。

悔しいけれど、今の自分がもの知らずの素人なのは本当だし、そんな新人が回されてきたら機嫌が悪くなるのも当然だ。であれば、今の自分のすべきことは反論ではなく成長だろう。化け物相手に自分に何ができるのかは分からないし不安しかないけれど──でも、頑張るしかない。祈理は自分を勇気づけるように無言でうなずき、春明に付いて歩いた。

道の左右は年季の入った木造建築や土壁ばかりで、空き家なのか家人の帰りが遅いのか、灯りの点いていない家もちらほらとある。どの家も間口が狭く、隣家とくっつくように建っている。いかにも京都の路地裏らしい風景をしばらく歩いていると、春明がふと思い出したように口を開いた。

「――まあ、あれだ。不安になるのも分かるがな、陰陽課の仕事はぶっちゃけ俺らで何とかなる。そこまで気負うことはねえよ」

「え？　は、はあ……」

さっきまでよりは幾分穏やかになった春明の声に、祈理はぽかんとしながら相槌《あいづち》を打った。もしかしてこの人、言い過ぎたと思って反省しているんだろうか。だとしたら良いところもあるんじゃ……と思った祈理だったが、そこにすかさず春明の次の言葉が投げかけられた。

「だからお前は要らねえんだ。事務室で一人で鼻毛でも抜いてろ」

「そんなことしません！」

自然と大きな声が出た。この人を見直しかけた自分が馬鹿だった。自分で自分に呆れながら、祈理は細い背中と銀の後頭部を睨んだ。

「言ったじゃないですか、主任。わたし、ちゃんと働きますよ」

「もの知らずに出しゃばられると邪魔だっつってんだよ。先に言っとくが、こんなところは無理だと思ったらいつでも異動願か辞表を書いていいからな。異動希望はそう簡単には通らねえかもだが、退職する権利はいつでも使える」

「それくらい知ってます。京都市の場合は退職の三か月前までに申告ですよね？」

あからさまに馬鹿にされ、祈理は再度怒りを覚えた。先輩で上司でしかも命の恩人を悪く言うのはどうかと思うが、この五行春明という青年に対して、正直良いイメージは持てないままである。

顔立ちこそ悪くないが、良いのはそれだけだ。口も悪いし態度も悪いし、ポケットに手を突っ込んだ姿勢もよろしくないし、銀髪に赤のシャツという取り合わせもやっぱり市役所の職員としては問題だろう。陰陽師という特殊なスキルを持っているから許されているのかもしれないが……。

そんなことを思っているうちに春明が小さな脇道へと逸れたので、祈理も慌てて後を追う。さっきまでの通りよりもさらに薄暗くて陰気な道だ。そして無言で進むこと数分、例によって間口の狭い木造建築の間の細い道を抜けたところで、ふいに視界が開けた。

四方を民家や塀に囲まれた、中庭のような空間である。その長方形の広場に嵌《は》め込まれるように、横に長い和風建築が侘《わび》しく寂しく鎮座していた。

時代劇に出てくる長屋を思わせる、瓦屋根《かわらやね》の平屋だ。板張りの壁は黒に近い茶色で、同じ作りの引き戸と曇りガラスの窓とが四つ並んでいた。窓から漏れる光はなく、傍らに陰気な古木が佇《たたず》んでいるせいで何とも不気味な雰囲気である。一番手前の戸の脇に掲げられているのは、達筆で「京都市元土御門町《もとつちみかどちょう》職員寮」と記された看板。その文字列を読み終えた瞬間、祈理は思わず春明を見た。

「ここですか……？」

「見りゃ分かるだろうが」

心底面倒そうに応じる春明である。ということは、やはりここが自分の暮らす職員寮のようだ。祈理は小さく息を吸い、改めて陰気な長屋――ではなく、職員寮に向き直った。

古いのは確かだが、よく見れば作りはしっかりしているようだ。怪しげな不動産屋に担がれたのならともかく、仮にも名の知れた地方自治体が管理する公の施設である以上、中だってそこまで酷くはないだろう。そのはずだ。たぶん。

家賃も安いし、一応街中だし、職場である別館にも近いらしい。初見でちょっと引いてしまったが、そう考えると別に悪い物件ではなさそうだった。むしろ、この偉そうでガラの悪い陰陽師と同じ建物ということの方が引っかかる……などと祈理が思っていると、偉そうでガラの悪い陰陽師が「おい」と声を掛けてきた。

「お前、何号室だ？　鍵は貰ってるのか」

「あっ、はい。一号室と聞いてます」

「だったら一番手前の部屋か」

そう言えば、先日引っ越し屋が賑《にぎ》やかに運び込んでたな。今さら思い出したのだろう、そんなことをぼそりとつぶやくと、春明はポケットから鍵を取り出した。「二」と刻印された鍵には、フワフワとしたヒヨコのキーホルダーがぶら下がっている。見た目や言動に似合わず可愛《かわい》い趣味だな、と祈理は思った。

「じゃあな。俺は二号室だから、何かあったら聞きに来い」

「あっ、お隣なんですね。改めましてよろしくお願いします。火乃宮祈理です」

「それはさっきもやったろうが」

「さっきのは職場の新人としての挨拶で、今度は寮のお隣としての挨拶ですから。で、『何かあったら』の『何か』って何です？」

「知るか。何も起きなけりゃそれでいいんだ。ああ、そうそう、明日は八時には出るから準備しとけよ。外に出ることもあるから、その踵《かかと》の高い靴はやめとけ」

説明を終えた春明が、自室の鍵をガチャリと開ける。祈理も自分の鍵を取り出そうとしたが、そこでふと手を止め、春明へと呼びかけた。

「そうだ。すみません主任。もう一つだけ」

「今さらだが、その『主任』っての、どうにかなんねえのか？　そんな風に呼ばれたことがないもんで、むず痒《がゆ》くって仕方ねえ。他の呼び名はないのか」

「だって主任なんですよね？　『いきいき生活安全課の主任で、京都市の公認陰陽師』って名乗られてましたし。違うんですか？」

「違わねえが……まあいい、話し合うのも面倒だ。で、何だ？」

「この寮って、主任の他には何人お住まいなんですか？」

「俺だけだ」

恐縮しながらの祈理の問いに、春明のぶっきらぼうな声が即座に応じる。え？　主任だけ？　意外な答に戸惑う祈理の視線の先で、春明は「今日からはお前もいるな」と分かり切ったことを言い足し、今度こそ自室へ消えてしまった。

「あ、はい。お疲れ様でした……？」

反射的に挨拶を返した後、祈理は一号室の鍵を掴んだまま目を何度か瞬いた。大きな市の職員寮なのに、入居者が自分を入れて二人なんてことがあるのだろうか。職員はみんな地元だから寮なんか使わないとか？　と言うか、あの主任と自分の二人だけって、それはかなりしんどいような……。

「って、こんなところで突っ立ってても仕方ないでしょ。とりあえず入る入る」

ぽかんとしたまま固まりそうだったので、祈理は自分で自分に呼びかけた。その声に「そうだそうだ」と自分で応じ、鍵を鍵穴に差し込んで回して板戸を開く。

新しい入居者が来るので清掃業者が入ったのだろう、ワックスや洗剤の匂いがかすかに鼻を突く。換気した方が良さそうだな、とつぶやきながら、祈理は小さな玄関で靴を脱いだ。入ってすぐのところにあったスイッチを押すと、オレンジ色の電球が灯り、部屋の中が見えるようになった。

手前が板張りの台所で奥が六畳の和室という和風の１ＤＫである。台所の右手には洗面所と風呂とトイレがあり、曇りガラスの嵌《は》め込まれた戸の奥は畳敷きの六畳間になっている。

一度リフォームされたのか、古めかしい外観に比べると内装は少しは現代的で、洗面所や風呂も覚悟していたより綺麗だった。備え付けのガス台や冷蔵庫、洗濯機にテレビなども、年季は入っていたがしっかりしており、正面の窓を隠すカーテンだって新品だ。

　先日、実家から送った荷物も無事に届いていたようで、大きめの段ボール箱や布団ケースが畳の上にどんどんと並べられている。ちゃんと六箱あることを確認すると、祈理はバッグを畳に置いた。

　鴨居《かもい》にハンガーがぶら下がっていたので、ジャケットを脱いでとりあえず掛ける。軽くなった肩をぐるんと回した後、畳に腰を下ろせば、短い息が自然と漏れた。

「……ふへえ」

　部屋を占拠する段ボール箱にちらりと目を向け、バッグから携帯を取り出す。時刻はまだ午後七時を回ったばかり。荷解きをする時間は充分あるが、疲れているので今度にしよう、と祈理は思った。着替えや生活用品など、すぐ使うものは一つの箱にまとめてあるから、とりあえずそれと、後は布団だけ出せば良い。

「うー……疲れた……」

　素直な思いを声に出す。お腹も減っていたが、身体よりむしろ頭が疲れているようで、横になって眠りたい。

　知らない土地での初出勤なんだから疲れるのは覚悟していたが、こういう疲れ方は全く予想していなかった。

念願叶って公務員になったところ、初日に透明な妖怪に襲われて、陰陽師に助けられ、配属先は妖怪相手の御用聞きと問題解決の専門部署で、上司は公務員らしからぬガラの悪い陰陽師で、それが隣に住んでいる。今日の出来事を羅列《られつ》してみると、その非現実性がよく分かる。常識の世界で生きてきた脳が悲鳴をあげるのも当然だ。

「外食は控えようと思ってたけど……今日くらい、いいよね？」

携帯の暗い液晶画面に映る顔に、ぼんやりした顔で問いかける。くたびれた自分の顔を見ながら、いいとも、と祈理はうなずいた。

少し歩けばコンビニやファミレスくらいはあるだろう。今夜は適当に外で食べて、ついでに明日の朝食も買って、後は実家に電話だけして、お風呂に入って寝てしまおう。明日からも何があるか分かったものじゃない以上、体力と精神力は温存した方が良さそうだ。

☆☆☆

「……ん」

眠っていた祈理は、耳障りなお囃子《はやし》の音で目を覚ました。

見慣れない光景に一瞬だけ戸惑い、すぐに京都市の職員寮にいるのだと気付く。部屋の中もカーテンの外も真っ暗で、朝はまだ遠そうだったが、どこからともなく響いている笛や太鼓の賑やかな音色は、徐々に大きくなっていた。

テレビを点けっぱなしで寝たのかと思ったが、考えてみればテレビはまだ繋ぐどころか段ボール箱から出してもいない。じゃあこの音は？　どこか近くでお祭りでもやっているのだろうか？　四月の一日から、しかも真夜中に……？

布団の中で首を捻っている間にも、音はさらに近づいてくる。そして、外の様子を確かめようと思った祈理が眼鏡を掛け、体を起こした、次の瞬間。

派手な原色の怪物が、部屋の左の壁を透過して現れた。

「え」

眼鏡の弦《つる》を持ったまま、祈理はぴたりと静止した。

だらだらと冷や汗が流れる中、怪物は次々と――そう、一体ではないのだ――左の壁を突き抜けて登場し、右の壁へと消えていく。

通り過ぎていく怪物の容姿は多種多様だ。着物を引っかけた獣人もいれば、手足を生やした茶碗《ちゃわん》や鍋《なべ》もいるし、何種類かの鳥や動物が混ぜ合わされたようなのもいるが、いずれも足取りが楽しげだ。部屋の照明は落としてあるのに、なぜか彼らの姿はくっきりと見えた。

またか！　また妖怪か！

夕方の穏仁との遭遇を思い出し、祈理の背筋に悪寒が走る。だが、行進を続ける妖怪達は、穏仁とは違って祈理には興味がないようだった。ただ壁から壁へ進むばかりだ。よく見ると楽器を抱えて演奏している怪物も多い。なるほど、お囃子の発生源はこれか……と祈理は納得し、その直後ぶんぶんと首を横に振っていた。

「納得してどうするの、わたし！　ええと、こういう時は……！」

――俺は二号室だから、何かあったら聞きに来い。

パニックに陥った頭の片隅に、数時間前に聞かされた言葉が蘇《よみがえ》る。瞬間、祈理は布団から飛び出し、二十秒後には隣の部屋のベルを鳴らして戸をノックしていた。

「しゅ、主任！　主に――」

「どうした。何か出たか」

こんな夜更けにいいのかな、と祈理が思うより早く、二号室の戸が開き、春明が玄関先に現れる。黒にストライプのスーツに赤いシャツ。ネクタイこそ緩んでいたが、このドアの前で別れた時と同じ服装に、祈理はきょとんと目を丸くした。

この人、スーツのまま寝てるの？　てか、呼んですぐ出てきたってことは、そもそも寝てもいない……？

用件を忘れてきょとんとする祈理。そして約一秒後、祈理が「勢いで出てきてしまったけど、やはりTシャツとスウェットの寝間着姿はまずかったかな」と今さら恥ずかしさを感じた頃になって、春明はうっとうしそうにがりがりと銀の髪を掻き、面倒くさそうに問うた。

「何か出たのかって聞いてるんだ」

「え？　あっ、そうだ、そうなんですよ……！　色んな姿の怪物が、部屋の壁から壁へぞろぞろと――」

「ほう。あれが見えたのか。穏仁が見えたって言ってたからそうかもなとは思ってたが、やっぱお前、見鬼の素質持ちだな」

「け、けんき……？　何です、それ」

「鬼を見ると書いて『見鬼』。実体を持たないモノを感知できる人間のことだ。どうしてこんな堅物《かたぶつ》を採用しやがったと思ってたが、さてはアレだな。お前、陰陽課要員として目を付けられてたな。ご愁傷様だ」

「……え」

冷たく見下ろしながら投げかけられた言葉に、祈理は思わず目を見開いた。

言われてみれば、幼い頃から、他の人に見えないものが見えることがたまにあった気はする。それに、そういう体質があるのなら、方々の役所の最終面接で落ちまくった自分が京都市にだけ採用された理由も納得できるのだが、だがしかし。

「そんなの……ずるくないですか？　わたしの代わりに落ちた人だっているのに。そういう採点項目があったのなら、そこを公表すべきでしょう！　不公平です！」

「俺に言われても知らんし、別に気に病むことでもないだろうが。最後の面接まで残ったんだから、最低限の資質はあるってことだろう？　申し訳なく思うなら、その分ちゃんと働きゃいいんだ」

「は、はあ……そんなもんですかね……？」

「そんなもんだよ。まあ、できっこないだろうがな」

「大きなお世話です！　まだ何もしてないうちから決めつけないでください！」

「夜中に叫ぶなよ。お前、俺に怒りに来たのか？」

「え？　そういうわけではなかったような――あっ、そうです！　ですから、部屋にお化けの行列が！　あれは何なんですか」

「百鬼夜行《ひやっきやぎょう》だ」

慌てて話を元に戻した祈理に向かって、春明がざっくりと告げる。それだけ言われても、と思った祈理が続きを待っていると、春明は説明不足だと自覚したのか、溜息を吐き、再び声を発した。

「つまりあれだ。明確な実体を取れない弱い精や気《け》が周期的に群れを成して練り歩く、いわば一種の自然現象だ。この寮はあれの通り道に建てられたから――いや、元々あれが通るから地価が安くて、承知の上で市が買い上げたんだったか？　ともかく、ここは定期的にあれが通るんだ。入居者がいないわけが分かったか？　見鬼じゃなくても気配は感じられるからな」

「な、なるほど……って、それより、とりあえずどうにかしてくださいよ。妖怪絡みのプロなんでしょう？」

「そう怖がるな。平安の御世《みよ》ならいざ知らず、現代の百鬼夜行は多少うるさいだけで、人に害を及ぼすことはない。無視しときゃいいんだよ」

無情に言い切る春明である。祈理は啞然《あぜん》としたが、弱音はしっかり飲み込んだ。

ここで怯えた姿勢を見せれば、このガラの悪い陰陽師は、また辞めろだの役立たずだのと言うに違いない。それに、いきいき生活安全課で――通称「陰陽課」で働く以上、これくらいは慣れないと。祈理はごくりと息を吞《の》むと、改めて目の前の春明を見上げ、口を開いた。

「……主任。本当に、害はないんですね」

「くどいぞ。当代の公認陰陽師の名に懸《か》けて、嘘《うそ》は――」

「分かりました。なら、それを信じて寝ます。夜分お騒がせしました」

力強く言い切り、ついでに深く頭を下げる。と、それを見た春明は面食らったように黙り込んだが、すぐに「明日も早いぞ」と告げ、自室の中に消えたのだった。

二話　新人、狐に化かされしこと

三乃国《みののくに》大乃郡《おほののこほり》の人《ひと》、妻《め》とすべき好《よ》き嬢《をみな》を覓《もと》めて路《みち》を乗《の》りて行《ゆ》きき。時《とき》に曠野《ひろの》の中《なか》にして姝《うるわ》しき女《をみな》遇《あ》へり。（中略）壮《をとこ》も亦《また》語《かた》りて言《い》はく「我《わ》が妻《め》と成《な》らむや」といふ。女《をみな》「聴《き》かむ」と答《こた》へ言《い》ひて、即《すなは》ち家《いえ》に将《ゐ》て交通《とつ》ぎて相住《あひす》みき。（中略）彼《そ》の犬《いぬ》、家室《いへのとじ》を咋《く》はむとして追《お》ひて吠《ほ》ゆ。即《すなは》ち驚《おどろ》き澡《お》ヂ恐《おそ》り、野干《きつね》と成《な》りて籠《こ》の上《うえ》に登《のぼ》りて居《お》り。家長《いへぎみ》見《み》て言《い》はく「汝《なんじ》と我《われ》との中《なか》に子《こ》を相生《う》めるが故《ゆえ》に、吾《われ》は忘《わす》れじ。毎《つね》に来《きた》りて相寐《あひね》よ」といふ。故《そゑ》に夫《おっと》の語《こと》を誦《おぼ》えて来《きた》リ寐《ね》き。故《そゑ》に名《な》は支都禰《きつね》と為《い》ふ。

（『日本霊異記　狐を妻《め》として子を生ましめし縁』より）

「着いたぞ。別館だ」

百鬼夜行を無理矢理無視して寝付いた翌朝、四月二日の午前八時十七分。

昨日同様にストライプのスーツ姿で手ぶらの春明が、例によってぶっきらぼうに告げる。それを聞いた祈理は思わず「はい？」と声を漏らし、眼鏡の奥の瞳を瞬いた。

立ち止まった二人の目の前にあるのは、赤茶けた煉瓦造りの四階建てのビルである。一階二階はそれぞれ喫茶店とバー――正確には、とっくに廃業した喫茶店とバーだった。エレベーターはないようで、喫茶店のドアの右に覗《のぞ》く廊下の先に薄暗い階段が見えており、三階と四階からは小さなベランダが飛び出している。

このレトロな外観と周囲の光景は、祈理にとっては見覚えがあった。昨日、いきき生活安全課のある市役所別館を探して迷っていた時、それらしい建物を探してこのビルの前も何度か通ったのだ。

確かに、地図に記された位置はこのあたりだし、公共施設が雑居ビルに入っているケースがあるのも知っている。実際、京都市の場合は交通局や上下水道課などが市内のビルに入っているはずだ。だが、その場合は分かりやすく看板を掲げるものだし、潰《つぶ》れた飲食店の上に間借りしたりもしないだろう。これが別館って冗談ですよね？と言うか、もしかしてわたしは昨日からずっと騙《だま》されてるんじゃ……？

考えないようにしていた疑問と疑惑が心中に湧き上がる。祈理は不安げな顔を春明に向けたが、春明はその視線を一蹴すると階段に続く廊下へ足を掛けた。

「行くぞ、ド新人。いつまでそこに突っ立ってるつもりだ」

「え？　ま、待ってくださいよ」

戸惑いながらも祈理は春明に続いた。信用できないし胡散臭《うさんくさ》い相手だが、今頼れる人はこの銀髪の陰陽師しかいないのだ。そう自分に言い聞かせながら春明の背中に続く。階段の手前の壁には錆《さ》びかけた郵便受けが四つ並んでおり、その一番上を見れば、黄色く変色したラベルに「京都市役所別館」と記されていた。

「ほれ。ちゃんとここに書いてあるだろ」

「な、なるほど――って、こんなの分かるわけないですよ！」

「それで問題ないんだよ。陰陽課のことは知ってる奴は知ってるし、知らない奴に教える理由もないからな。よそ見してないで付いてこい」

市民に奉仕する職の人とは思えない口ぶりとともに、春明がずかずかと階段を上っていく。どうやら本当にここが市役所別館らしい。祈理はバッグから取り出した手帳にここまでの経路を書き付けると、恐る恐る春明を追った。

そのまま細く暗く狭い階段を四階まで登ると、「お手洗いコチラ」と書かれた看板の奥に、窓ガラスの付いたベージュのドアが見えた。

ドアには葉書サイズの「いきいき生活安全課」のプレートがひっそり掲げられ、ドアの脇には有名な警備会社のロゴシールが貼《は》り付けられている。一応普通の事務所のような外観ではあったが、やはり分かりにくい。訝しむ祈理の傍らで、春明はドアのノブに手を掛けた。鍵は開いていたようで、がちゃりと開く音が響く。

「やっぱ開いてたか。

「あっ、はい。失礼します……」

そのド新人って呼び方は何とかなりませんかね、主任。

内心で反論しながら、祈理はおずおずと敷居を跨《また》ぎ、そして室内を見回した。いきいき生活安全課――通称「陰陽課」の事務室は、八畳間を二つ並べたくらいのサイズの長方形の部屋だった。焦げ茶色の板で覆われた壁や床はまるで探偵事務所か隠れ家的なバーだったが、内装以外は意外に真っ当な事務所ではあった。

正面の壁には掛け時計とともに今月の予定を記すホワイトボードが掲げられ、その左右にはファイルや分厚い資料がぎっしり詰まった本棚や書類棚などが連なっている。逆U字型に並んだデスクは全部で五つで、うちパソコンの置かれたデスクは奥の三つだけ。そう言えば課の人数を聞いていないが、もしかして三人しかいないのだろうか、と祈理は不安を覚えた。

左の壁は窓だったが、大きなロッカーが陣取って外からの光を半分遮っていた。右側へ目を向ければ、パーテーションの奥に簡易な応接セットが設けられ、さらにその向こうには「給湯室」と記されたドア。それらの様子をざっと見回すと、祈理はぽつりと感想を漏らした。

「はー。割と普通の部屋なんですねえ」

「事務室なんざどこも同じだろうが。どんなの想像してたんだ」

じろりと祈理を睨むと、春明は書類棚の上のレコーダーに自分のタイムカードを差し込んだ。この光景もまた常識的で、祈理は安心しながら——と言うよりむしろ拍子抜けしながら言葉を返す。

「どんなって、陰陽師の仕事場なんですから、もっとおどろおどろしいのを……。それより主任、わたしのタイムカードってどうなってるんでしょう？　八時半までに押さなくちゃいけないはずなんですが」

「知らん。俺に聞くな」

手前のデスクにどっかと腰を下ろしながら、ぞんざいに応じる春明である。祈理はちょっと戸惑った後、食い下がることにした。

就職二日目で上司兼先輩相手に反論するのもどうかと思ったが、この男が反論されるような物言いばかりするのだから仕方ない。と言うか、ある程度強く出ないと相手すらしてくれないことを、祈理はそろそろ学んでいた。

「あと十分の間にタイムカード押さないと、わたし初日から遅刻になるんですよ」

「だから知らんっつってるだろうが。おっさんに聞け」

「ですから、もう少し具体的に説明していただきたいのですが。その、さっきから言われている『おっさん』というのは——」

「おーい、おっさん！　新入りのタイムカードってどこにあるんだ！」

祈理の言葉を断ち切るように、春明が大声を発した。思わず祈理が口をつぐんでしまうのと同時に、事務所の外、廊下の方から「はいはい」と穏やかな声が応じた。続いて階段を下る足音が響き、ややあってワイシャツ姿の小柄な男が現れる。

「どうもどうも、お待たせしました」

ドアから入ってきたのは、小さな如雨露《じょうろ》を手にして眼鏡を掛けた、身長百六十センチ強のほっそりした中年男性である。年齢はおそらく五十代で、細い顔には皺《しわ》が目立つ。頭は見事なバーコードで、耳の左右に残った髪には白髪が交じり始めていた。眼鏡は銀縁でシャツは白、グレーの無地のネクタイという、いかにも役所の職員という出で立ちの男性は、ロッカーに如雨露を入れて祈理に向き直った。

「屋上でハーブを育てていましてね。市民の方からの貰い物なんですが、枯らすのも申し訳ないので世話をしているうちに、すっかり情が移ってしまって……。ああ、もちろん勤務時間外にしか手は入れていませんからご心配なく。というわけで、ようこそ、いきいき生活安全課へ。課長の枕木《まくらぎ》政道《まさみち》です」

「あっ、初めまして！　昨日付で配属されました火乃宮祈理です」

ようやく出会えた春明以外の課員かつ管理職に、祈理が慌てて挨拶を返す。ややオーバーなその礼を前に、枕木は「聞いています」と穏やかに告げた。

「あまり固くならないでください。三人だけの課ですので、ひとつ仲良くやっていきましょう」

☆☆☆

「タイムカード、服務規定書、住所と保険の申請書一式、給与振込先指定書、有給休暇簿、緊急時の連絡先、事務室の鍵……このあたりは全てお渡ししましたし、イントラネットのＩＤにパスワード、職員用メールアドレスもお伝えした……と」

課長用のデスクの椅子に腰掛けた枕木が、クリップボードに挟んだリストに赤ボールペンで順にチェックを入れていく。リストに記された表題は「新入職員が配属された際の手続きについて（管理職用）」。慣れた手つきでチェックを付けていく枕木の前で、祈理はキャスター付の椅子に座ったまま、自分の脚に目を落とした。

タイトスカートの膝の上では、聞き取ったばかりの内容を記した手帳が開かれており、その下には渡されたばかりの書類や封筒が束になっている。それらを落ちないように揃《そろ》え直していると、枕木は無言で小さくうなずき、顔を上げた。

「とりあえずはこれで全部ですね。覚えることが色々あって大変でしょうが、まあ、焦らずに。提出期限があるものは早めにお願いします。何か分からないことは？」

「いえ、大丈夫です。よく分かりました」

背筋を正して首肯を返す。よく分かったと言うのは建前でも何でもなく、祈理の素直な本音だった。

枕木の合理的で淡々とした説明は無駄がなくて理解しやすかったし、終始真面目な表情を崩さないのも公務員として尊敬できる。春明とはえらい差だ。とりあえず管理職はまともな人だったことに安堵しながら溜息を吐けば、課長の右斜め前の席、つまり祈理にあてがわれたデスクの向かいから、ガラの悪い声が飛んできた。

「おいこらメモ女。おっさんは俺と違って普通で良かった、とか思ってるだろ」

言うまでもなく声を発したのは春明である。パソコンを立ち上げることすらせず、机にどっかと脚を乗せている。手にしているのは、二十センチほどの四角い台紙に薄い円盤数枚を重ねた謎《なぞ》のアイテムだ。星座早見表のようなそれを、春明はさっきからずっとぐるぐる回し続けていた。

それが何の道具か祈理は知らなかったが、仕事をしていないのは間違いない。不良公務員め、と呆れながら、祈理はキッと春明を睨んだ。誰がメモ女ですか。

「わたしが何を思っていたとしても、それはわたしの勝手だと思いますが」

「おー、開き直りやがったな？　それが先輩に対する態度か？」

「では言わせていただきますが、先輩として扱われたいのであれば、相応の態度を取るべきだと思います。まだお会いして二日ですけれど、はっきり言って五行主任の勤務態度は目に余るものがあるように思われます」

「ンだと……？　てめえ、単なるビビりのくそ真面目かと思ってたが、さてはあれか、怖いもの知らずのド偏屈《へんくつ》か。こっちの思惑《おもわく》も知らずに偉そうに――」

「まあまあ、五行君そのへんで」

露骨に苛つく春明の声に、枕木の落ち着いた声が被さった。と、それを聞いた春明は一瞬だけ不満げな表情を見せたが、「分かったよ」と素直に黙った。

……え。ヤクザみたいな態度のくせに、上司には弱いの、この人？　春明の意外な一面に祈理が驚いている間に、枕木は「さて」と祈理に向き直る。

「それでは火乃宮さんにも実際に業務に就いて貰うわけですが、当課の業務内容は少々特殊なんですね。幸い、昨日のうちに、五行君から簡単な解説は受けているとのことですが」

「はい」

枕木を見返し、祈理がうなずく。自己紹介の後、昨夜迷って穏仁に襲われたこと、春明に助けられたこと、寮に案内して貰う道中でいきいき生活安全課——通称陰陽課の仕事について話を聞いたことなどは、既に一通り説明していた。

道に迷って別館に辿《たど》り着けなかったことにも触れて謝ったが、「無理もありません」の一言で済み、特に苦言を呈《てい》されることもなかった。むしろ、祈理からの電話に出られず申し訳ないと謝られたくらいだ。春明が穏仁の捜索に、枕木は管理職会議に出ていたため、課に誰もいなかったらしい。

「要するに、妖怪——異人と呼ばれる方々の相手をする仕事と聞いていますが」

「その通りです。この京都という街には、人間ではない方が存外たくさん住んでおられるんですね。そういう方々を我々は『異人さん』と呼んでいますが、彼らの把握と管理と御用聞き等々、それに市内の霊的治安の維持を担当するのが、いきいき生活安全課、通称『陰陽課』なわけです。このあたりもご存知でしょうか」

「はい。主任から伺っています」

「では当課の特殊な位置付けについては」

「位置付け？　すみません。それは聞いていない……と思います」

おそらくだが、その話題は初耳だ。祈理が小さく首を傾げれば、枕木はやっぱりかと言いたげに春明を一瞥し、すぐに祈理に向き直った。

「当課は環境福祉局に属していますが、実際に管轄しているのは『御霊《ごりょう》委員会』という、異人さんの代表で構成された会議なんですね。当課に係る規則の改定や制定は、市議会ではなくこちらの委員会の管轄になりますので覚えておいてください」

「つまり……教育委員会みたいなもの、ということですか？　市民から選出された教育委員が委員会を構成し、職員はその下で業務を行うといった感じの」

「理解が早くて助かります。そういうことですね。もっとも、御霊委員会の場合、教育委員長に類する代表者はおらず、委員の皆さんの決定権や発言権は平等です。ちなみにこの委員さんのことを『惣領役《そうりようやく》』とか『惣領』と呼びます」

「なるほど。ええと、御霊委員会に、ソウリョウ役……と」

相槌を打ちながら、祈理は聞き慣れない言葉をメモしていく。一区切りを付けて顔を上げると、それを待っていたかのように枕木が尋ねた。

「ここまで何か質問はありますか？」

「はい。今さらではあるのですが、このいきいき生活安全課の名前自体が組織図にはないですよね？　どういう扱いなんですか？」

昨夜から気になっていたことを、祈理はきっぱり問いかける。そんな不透明な部署があっていいのか、とまでは言えなかったが、その思いは伝わったようで、枕木は申し訳なさそうに首を振った。

「当課は、あるけどない、という扱いなのですよ。市役所の管理職クラスや街の古株は陰陽課の存在を知っていますから、運営に滞りはありません。予算も確保されていますが、在り方が不透明なのは確かです」

「不透明……？　ですけど、行政組織の一部門である以上――いえ、どんな組織であっても、業務の根拠となる規則はありますよね？　課長も今、委員会は規則の改定や制定を行うと言われましたし」

「ええ。それが何か」

「この課の仕事の根拠になる規則って、どれなんですか？　例規集にはそれらしいものはなかったように思うのですけれど」

「面倒くせえ奴だなあ。部外秘の運営規則があるんだよ」

淡々と問い詰める祈理に業を煮やしたのか、春明がいきなり口を挟む。祈理がきょとんとそちらを見ると、デスクに足を乗せた春明と目が合った。相変わらず目つきが悪くて態度も悪い。祈理は少し迷った後、すぐに枕木に向き直った。春明に聞くより枕木の方がちゃんと答えてくれそうだと判断したのだ。

「そうなんですか、課長？」

「ええ。昭和二十年九月一日公布、京都府規則第〇〇号、『異人福祉施工規則』。我々は『異人法』と呼んでいます。具体的には、これですね」

そう言いながら枕木は壁の本棚から辞書のような分厚い一冊を取り出し、机に置いた。綴《つづ》り紐《ひも》で綴《と》じられた、厚さ十五センチほどの加除式の冊子である。年季を感じさせる革の表紙には、枕木の口にした通りの規則名が記されていた。

中身も相当に古いものらしく、始めの方のページは完全に退色しており、端は虫に食われたようにぼろぼろだ。少しだけ触れるのに躊躇《ちゅうちょ》した後、祈理は「拝見します」と告げて表紙をめくった。

「昭和二十年って、終戦の年……？　そんな昔からある規則なんですね」

「ええ。もっとも、実際は更に古いのですが。一条をご覧になってください」

「一条と言うと――『本規則は、明治二十三年六月一日に発布された伝承型特定属性人種ノ取扱管理ニ係ル規則を引き継ぐ』……？　ってことはこれ、中身は明治時代の規則なんですか？」

「そういうことになります。ちなみにその伝承型云々の規則も、江戸時代の決まりを踏まえて作られたとか作られないとか。現状に見合わない部分はその都度改正されていますし、必要に応じて新たな附則《ふそく》を付け足したりもしていますので、結果、どんどん肥大化してしまってこの有様です。現状では附則の方が多いくらいでしてね」

「ああ、だからこんな分厚いんですね……。ちなみにこの規則、データ化は」

「残念ながらされていません。あと、体系化もされていませんので念のため」

祈理の問いを聞き終えるより早く、枕木がズバッと言い切る。それを聞いた祈理は一瞬絶句し、手元の分厚い冊子を改めて見つめた。

黄ばんだ紙に並んだ文字は蟻《あり》のように小さく、インクも褪《あ》せて読みづらい。ノンブルは打たれていないが、五百ページはあるだろう。体系化がされていないということは、どこに何が載っているか分からないということで、つまり――。

「これ全部覚えないといけないわけですよね？　だ、大丈夫かな……」

「馬鹿かお前は」

不安な声を漏らした祈理を見て、春明があからさまに呆れかえった。デスクの上に肘《ひじ》を突いた銀髪の公認陰陽師は、枕木と顔を見合わせて肩をすくめ、やれやれと言いたげに首を振る。

「誰が全部覚えろっつった。明治からこっち、場当たり的に付け足されまくった附則を全部読んだ奴なんか誰もいねえし、覚える必要もねえよ。なあ、おっさん」

「私の立場では肯定しづらいのですが、実際その通りですね」

「そんな乱暴な！　公務員が規則も把握せずに仕事するなんて」

「おーおー、ご立派な考え方でいらっしゃるなあ？　建前はそうかも知れねえが、現場を回すのは結局は慣例とフィーリングだし、規則にも附則にも当たり前のことしか書かれてねえ。二、三条くらいまで読んどきゃ御《おん》の字だ」

「二、三条までって……えーと、『第一条、異人の定義。この規則において「異人」とは、生来の妖怪、変化《へんげ》（経立《ふつたち》と付喪神《つくもがみ》を含む。）、鬼神、精霊、神霊、怨霊《おんりょう》、術式に依って勧請《かんじょう》または形成された使役神をいう。第一条の二、霊もしくは非実体型の異人に憑依《ひょうい》され、不可逆的な変容を遂げた人間、動植物、器物は異人として扱う』」

「今読めとは言ってねえぞー」

音読を始めた祈理を、春明の声が遮った。心底馬鹿にした視線を向けられ、祈理は反論しそうになったが、ぐっと堪えた。ここで喧嘩したって仕方ない。

「課長。これ、しばらく読ませていただいてもいいですか？　あと、大事そうな箇所のコピーも」

「帯出は禁止ですが、事務室内で使う分には何の問題もありませんよ。ただ」

「ただ、何でしょう？」

「初日に言うことでもないですがね、一つだけ。決まりは確かに大事ですが、決まりに使われては本末転倒です。決まりを使うのが市役所職員のやり方ですので、覚えておいてください。以上です」

平静な表情をキープしたまま、枕木が淡々と締めくくる。祈理は「分かりました」と一礼し、例規集を閉じた。枕木は感心そうにうなずいていたが、春明は大仰《おおぎょう》に溜息を吐き、課長にうんざりした顔を向けて言った。

「なあ、どう思うよおっさん。こんな頭の固いのが役に立つのか？」

「それは五行君次第ですよ」

春明の態度は自分の倍以上の年齢の上司に向けたものとは思えなかったが、枕木は呆れる様子も見せず、落ち着いた声で謎めいた答を返す。主任次第ってどういうことだろう？　意味が分からず祈理が春明と顔を見合わせていると、枕木は「実はですね」と前置きを挟み、二人しかいない課員を見回した。

「今年度より、当課の実際の業務は五行君と火乃宮さんで組んで担当していただくことになりました。しっかりやってください」

「え」

「何だと？」

話が違いませんか主任、昨日はお前に回す仕事はないから事務室で鼻毛でも抜いてろとか言ってたくせに。祈理は思わずそう問おうとしたのだが、春明の反応はそれよりも早かった。音がするほど強く床を踏み付け、春明が立ち上がる。

「そんな話は聞いてねえぞ。俺の相棒はおっさんだろうが」

「そのつもりだったのですがね。今年から私はバックアップということで」

「ということでじゃねえよ。段取り分かってるベテランがいるのに、何でド新人のド素人と組まされるんだ？　こいつ、百鬼夜行も知らねえんだぞ！」

立ち上がった春明の苛立った声が、広くもない事務室に響く。その剣幕に祈理はびくっと怯えてしまったが、枕木は平静な様子で首を横に振った。

「局長からの指示なのですよ。実は昨日の管理職会議の後、磐蔵局長に呼び止められましてね。特定の異人との関係の硬直化を防ぐためにも、担当職員は周期的に交代するのが望ましいとか。望ましいと言っていましたけれど、あれは命令ですね」

「磐蔵？　あの役立たずで乱暴で女房泣かせで給料泥棒のボンクラか？」

「言葉を慎んでください、五行君。かつてそういう評価を下されていた人物であることは確かですが、それはしばらく前までの話。今の局長は、冷静で有能な庁内でも有数のやり手です。人間、年を取れば人が変わることもあるという好例ですね」

春明の悪態を受けた枕木が、抑えた声で言い返す。それを聞いた祈理は、昨日自分に辞令書を渡した磐蔵局長を回想した。官僚的な態度の真面目な管理職だと思っていたが、昔は割とひどい人だったらしい。

「課内の事務分掌《ぶんしょう》は課長権限で決定できることになっていますが、組織人として、上から下りてきた指示を無視することもできません。それに私ももう歳ですからね。実際問題、君と一緒に歩いて外回りするのはそろそろ辛くなってきました」

「う」

納得してしまったのだろう。春明がぎりっと歯を噛《か》み締めた。尖った犬歯を覗かせて黙る部下を前に、枕木はやや寂しげにうなずき、傍観していた祈理へ向き直る。

「とまあ、そういうわけなので、よろしくお願いいたします。正式な事務分掌表は局長決裁後に回覧しますので、しばしお待ちを」

「あ、はい！　分かりました！」

春明がじろりと祈理を睨んでいるせいで、つい声が上擦ってしまう。祈理は春明と目を合わせないように注意しながら、ペンを持ち直し、手帳のページをめくって枕木に問うた。

「それで、具体的に何をすれば？　今どういうお仕事があるんですか？」

「当座の案件は、四境祭《しきょうさい》に係る各所への連絡と逃げ出した油瓶《あぶらかめ》の捜索くらいですが、毎年、年度初めには、挨拶を兼ねて市内の主だった異人さんのところを回ることになっています。なので火乃宮さんは、主任に同行して顔合わせをしてきてください」

「え。……あ、は、はあ」

さらりと告げられた初仕事に、祈理は思わず固まった。

それはつまり、敵意と不満剝《む》き出しのガラの悪い銀髪陰陽師と一緒に、大物妖怪のところを巡回しろ、ということですよね。わたし途中で死にませんかね。穏仁に襲われた時の恐怖が蘇り、不安がじわじわ募っていく。だが枕木はそんな祈理の心配に気付いているのかいないのか、落ち着いた声のまま先を続けた。

「これからお世話になる方々ですので、くれぐれも失礼のないようにお願いします。五行君も分かりましたね？」

「あんまり分かりたくねえがな」

「ご理解をお願いします。火乃宮さん、最初は戸惑うでしょうが、分からないことはすぐに五行主任に聞いてください。五行君はしっかり説明するように」

「面倒くせえなあ」

「……分かりましたね？」

「分かるしかねえってことが分かったよ、畜生！　行くぞド素人、準備しろ！」

枕木の指示を受けた春明が椅子を蹴って立ち上がり、祈理をどやす。祈理は「あっはい」と慌てて応じ、手帳をバッグに放り込んだ。予想外の事態が続くのは昨日だけかと思っていたが、どうやらまだまだ気は抜けなさそうだ。

☆☆☆

「ここだ、ここ」

ぞんざいな口調とともに、春明が古めかしい町家の前で立ち止まった。

場所は京都市南区の一角、JR京都駅からしばらく南下したあたり。五重の塔《とう》で有名な東寺《とうじ》にほど近い、昔ながらの住宅街である。

歴史のある街らしく、通りに軒を並べた家々はいずれもこぢんまりとしていながらも格式を感じさせる佇まいで、目の前の屋敷も例外ではない。表札に記された姓は「角隠」。あまり聞かない苗字《みょうじ》を一瞥すると、春明は無造作に玄関に手を掛けようとしたが、ふと足を止めて振り返った。

「おい、行くぞド新人」

「す、すみません。まだ心の準備が……」

震えた声で応じたのは春明の後ろに控えた祈理である。肩に掛けたバッグの紐を強く握り締めており、その顔は蒼白《そうはく》だ。あからさまに怯えた様子の部下を、春明は苛立たしげに見下ろした。

「何を固まってやがる。テンポよく回らねえと今日中に終わんねえぞ」

「だってここ──その、お、鬼の方のお宅なんですよね……？」

「そう言ったろうが。京に住まう異人の種族の代表格の一つであるところの鬼どもの顔役の家だ。で、それがどうかしたのか」

「どうかしますよ！　鬼ということはつまり、昨日わたしが襲われたあれ──じゃない、あの人と同類――仲間なんでしょう？」

失礼にならないよう言葉を選びつつ、祈理はおずおず春明を見返した。昨夜、一条戻橋であの透明な怪物と対峙《たいじ》した時の恐怖感は今も心に残っている。挨拶回りの初《しょ》っ端《ぱな》があれの同族の家だと言われたら、怯えるのも当然だ。祈理はそう思って尋ねたのだが、返ってきたのは「アホか」の冷たい一言だった。

「一緒にするな。昨夜の穏仁と市内の鬼どもは確かに同族だが、全然違うんだよ。同じ哺《ほ》乳類《にゆうるい》だからってヒグマと人間を一緒くたにするようなもんだぞ。いや、もっと遠いか。同じ動物だからって鮫《さめ》と猿を一緒にする感じか？」

「え？　いや、それはちょっと分かりませんけど……要するに、こちらにお住まいの方は、全然危険じゃないってことですか……？」

「見りゃ分かるよ」

そう言うなり、春明は無造作に玄関の格子戸を引き開けた。鍵は掛かっていなかったようで、ガラガラと派手な音が響く。

「おーい爺さん！　陰陽課だ！」

「え？　ちょ、ちょっと主任！　そんな乱暴な――」

ずかずかと屋内へ進んだ春明に驚き、祈理は慌てて後を追った。家の外観に見合った和風な玄関は薄暗く、静謐《せいひつ》な空気が漂っていた。石造りの小さな土間は綺麗に掃き清められており、年季の入った靴箱の上には鬼を象《かたど》った郷土玩具が飾られている。正面にあるのは二階へ続く細長い階段と、家の奥へと続く障子。旅館か寺社を思わせる落ち着いた雰囲気を感じながら、祈理はきょとんと目を見開いた。

「あれ。思ってたより普通なんですね」

「だからそう言ったろうが。おーい、羅生門《らしょうもん》の爺さん！　いねえのか？　それともようやくくたばったか？」

驚く祈理をじろりと睨んだ後、春明が再び家の奥に向かって怒鳴《どな》った。狭い間口の割に奥行きが長い家のようで、ガラの悪い呼び声がわんわんと反響していく。と、程なくして正面の障子が開き、高校生ほどの年齢の少年が現れた。

「何だ、陰陽屋さんでしたか」

高校の制服らしいブレザー姿の少年である。短い髪を綺麗に切り揃えており、顔立ちはどことなく上品だ。少年は祈理に笑顔を返すと、改めて春明に向き直った。

「相変わらず元気ですね。血の気の多い若いのが、また揉《も》め事でも起こしたのかと思って心配しちゃいましたよ」

「勝手に心配してやがれ。つうか何でお前がここにいるんだ」

「祖父のところに孫が顔を出すのは当然でしょう？　もう帰るところですけどね。ところで陰陽屋さん、また新しいゲームを買ったんですが、この後時間は」

「ねえよ。お前の相手してると日が暮れる。それより羅生門の爺さんだ。お前が訪ねてたってことは中にいるんだな？　おーい、爺《じじい》！」

　愛想のいい少年の誘いを無下に断り、春明が三度吠える。乱暴極まりない態度だが、家主の孫らしい少年はこの公認陰陽師に慣れているようで、祈理と顔を見合わせて肩をすくめた。

　参りますよね、と言いたげな笑顔を向けられ、祈理はとっさに苦笑で応じた。どうやらこの公認陰陽師、常にこんな感じらしい。それはそれで大問題だが、むしろ祈理にとっては目の前の少年が気になった。

　春明との会話からすると、この家の家主、つまり鬼族の偉い人の孫らしい。ということはこの少年も鬼であり異人なんだろうけど、どこをどう見ても育ちの良い高校生であり、昨夜の怪物と同類とは思えない。驚きつつも身構えてしまった自分を祈理が恥じていると、家の奥から腰の曲がった老人が現れた。

「そう叫ばんでも聞こえておるよ。年寄りを急かすもんじゃありませんで」

　苦笑いとともに姿を見せたのは、鶴を思わせる風体の七十代の老人である。短い白髪を七三に分け、身に付けているのは灰色のポロシャツにベージュのスラックス。お孫さん同様、品の良さそうな一般人にしか見えないけど、この人も鬼……？　ぽかんと呆気に取られる祈理の前で、老人は孫と顔を見合わせ、祈理に視線を向けた。

「どちら様でいらっしゃいますかな」

「あっ、失礼しました！　昨日付けでいきいき生活安全課に配属されました、火乃宮祈理です。よろしくお願いいたします！」

我に返った祈理が、勢いよく頭を下げる。少年と老人は丁寧な礼を返してくれたが、春明は「うるせえよ」と祈理を睨んだ。あなたには言われたくないです、と祈理は心底思った。


「ありがとうございました。では、失礼いたします」

「分かってるだろうけど、何かあったらいつでも連絡しろよ」

暇《いとま》の挨拶をする祈理の隣で、胸を張った春明がぞんざいに告げる。対照的な態度の二人を前に、玄関口まで見送りに出てきた老人は鷹揚《おうよう》にうなずいた。

「分かっていますともさ。陰陽課あっての我々だからね。火乃宮さんにも御厄介《ごやっかい》になりますが、一つ、今後ともよろしくお願いしますよ」

「こちらこそ、よろしくお願いいたします」

老人に礼を返しつつ、祈理は、やっぱり普通の家の普通のお爺さんですよね、と思った。通された座敷も至って普通で、会話の内容も「就職して配属されましたので、よろしくお願いいたします」「ああ、しっかりやってください」といった感じの、社交辞令の範囲内。鬼らしい要素は精々靴箱の上の人形くらいで、妖怪の大物というよりは町内会の役員に挨拶したような気分である。

騙されたような気もするが、まあ、昨夜のあれが出てくるよりは百倍ましだ。そんなことを思いながら祈理は手帳を取り出し、会話の内容を忘れないうちにメモしていく。と、玄関を越えようとしていた春明の背中に、家主の老人が声を掛けた。

「昨夜は大変だったらしいね。穏仁が出たと聞いた時は驚いたよ」

「俺もだよ。とりあえず祓《はら》えたが、ああいうのは自然現象に近いから、完全に消し去るのは難しいんだよなあ……。昨日のあれも、昔誰かが祓うなり封じるなりした奴が復活しちまった口だろうよ」

「そこが気になるんだがね。どこかに封じられていたモノだとすると、誰かが解放したんじゃないのかね……？」

「考え過ぎだよ、爺さん」

革靴の爪先を土間に打ち付けながら、春明が即座に言葉を返す。スーツの襟を引いて位置を整えると、銀髪の陰陽師は肩越しに振り返って続けた。

「知られてなかった封じ塚が事故だか工事で壊れて出てきたとか、可能性はいくらでもあるだろ。心配は寿命を減らすぞ」

「だったらいいけどね……。どうも嫌な予感がするんだよ。それに、原因はどうあれ、穏仁はわしらの遠縁でご先祖だろ？　そんな異人がよそ様の縄張りで騒ぎを起こしたとあっちゃ、どうしても肩身が狭くなる。あのあたりを仕切ってる狐どもは口さがないから、何を言われるか……」

「だから考え過ぎだっつってるだろ」

「だったらいいんだけどねえ」

老人が心配げに溜息を吐く。春明はやれやれと言いたげに頭を掻くと、話を切り上げて外に出ようとしたが、思い出したように足を止めて振り返った。

「ああ、そうそう。爺さん、今日の午後はあんたの属性は運気が悪い。北に向かう用事があるなら、一旦東に進んでからにしろ」

「おや、そうかい？　いつもすまないね」

「気にすんな。それじゃ、邪魔したな」

穏やかで友好的な老人にぶっきらぼうな言葉を返し、春明が敷居を越えて引き戸を閉める。まったく、と言いたげに溜息を吐き、ポケットに手を突っ込むと、春明は玄関先で待っていた祈理にじろりと目を向けた。

「挨拶回り一軒目終了だ。次行くぞ」

「え？　ちょっと待ってください、まだ話した内容をメモしきれてなくて」

「記録するような話はしてなかったろうが。どれだけメモが好きなんだ、お前は。火乃宮メモリか」

「祈理です。火乃宮祈理」

呆れかえった問いかけに、祈理の真面目な声が切り返す。聞いたばかりの情報と、ついでに角隠老人と交わした言葉についても簡潔にメモしつつ、祈理は春明を上目遣いで睨んで言った。

「記録は大事ですよ。曖昧な記憶に頼るのは問題のもと、日々の業務の内容は日誌か報告書に残すことって研修でも言われましたし、就業規則にも」

「心底学級委員だな、お前。そんな決まりを馬鹿正直に守ってる職員がどれだけいると思ってるんだ」

「公務員が規則を守らないでどうするんですか」

手帳をパタンと閉じると、祈理は毅然《きぜん》と反論した。それを見た春明は相手を続けるのに疲れたのか、無言で祈理に背を向け、庭を抜けて歩き出した。

「ほら、行くぞ。テンポよく回らないと日が暮れる」

「あっ、はい。ところで、市内の異人さんってどれくらいいらっしゃるんです？」

「はあ？　お前、そんなことも──ああ、そうだな、知ってるわけねえか」

そんなことも知らないのかと言い切る前に、祈理の反論を予想したのだろう。春明はうんざりした様子で肩をすくめ、言葉を重ねた。

「陰陽課が把握してる異人の頭数は三千人ちょい。連中の種族の数は二十ほどだがな、全部覚える必要はない。とりあえず人数の多い三勢力だけ把握しとけ」

「三勢力？」

「天狗《てんぐ》と鬼と狐だ」

即答する春明である。春の日差しは温かく、のんびり歩くには良い気候だったが、祈理はそれどころではなかった。春明の後をしっかり追いつつ閉じた手帳を慌てて開き、ペンを手に取る。昨日もそうだけど、そういう大事な話は机のある場所で聞かせてほしい、と祈理は思った。言わないけど。

「えーと、天狗と鬼と狐が三大勢力、と。皆さん、外見は普通の人なんですか？」

「当たり前だろうが。種族同士の仲はぶっちゃけ良くはないが、一応惣領が押さえてるし、千年以上バランスを保ってきたって自負があるからな。そうそうトラブルが起きることはない」

「なるほど。異人さんには彼らなりの規則があるってことでしょうか」

「お前はほんとにルールだの規則だのが好きだな……。役人か？」

「そうですが。それで主任、具体的にはどういう規則が？」

「規則ってほどのものはねえよ。市内ではできる限り人間の姿でいること、お互いに実力行使はしないこと、大事な決まりはこれだけだ。で、万一事件が起きた時の唯一公平な判定役兼実働要員として陰陽課があるわけだな」

「へえ……って、え？　そんな大層な部署だったんですか、ここ？」

手帳を開いたまま祈理はぎょっと驚いた。春明の軽く適当な言葉を信用するならば、自分の職場は裁判所と警察を兼ねた機能を持っているらしい。しかし、それはもう市役所の権限外ではなかろうか。

「じゃあ、かなり深刻なトラブルを持ち込まれることもあるんですよね……？」

「まあな。キレられることだって偶《たま》にはあるが、そもそも市役所ってのはそういう職場だろうが。市民対応の原則集とマニュアルも配られたろう？　お前の性格なら丸暗記してそうなもんだが、覚えてないのか？」

「それは覚えてますよ。えーと、話をちゃんと聞く、贈答や接待の誘いはきっぱり断る、業務に関係ない頼みもきっぱり断る、無理な時は無理と言う、クレームは密室ではない場所で二人以上で受けて記録を確実に――」

「暗唱しろとは言ってねぇ」

先が長くなることを予見した春明が、祈理の暗唱をばっさり遮る。祈理は「すみません」と謝ると、春明の隣に並んで問いかけた。

「ですけど、私が覚えてるのって、普通の人相手のマニュアルですよ？」

「異人相手でも基本は一緒だ。命がやばいような状況だったらまず相手の動きを止めて術を封じ、言葉が通じるか確認し、通じそうなら話を聞いて、無理な頼みや問いには無理だと答える。断り方は分かるか、マニュアル女？」

「呼び方を統一してくださいよ。えーと、『業務には関わりのないことですので、回答は控えさせていただきます』」

「それだ」

「それだじゃないです。最初の『まず動きを止めて術を封じ』って、そこからして無理じゃないですか。それに、言葉が通じなかった場合はどうするんです？　わたし普通の短大卒ですよ？　術とか使えませんよ？」

「だから俺がいるんだろうが。大体、そこまでのことは滅多に起きねえよ」

「それは楽観的すぎると思います」

春明と歩調を合わせて横眼を向けたまま、祈理はきっぱり言い切り、さらに続けた。

曰《いわ》く、昨日は実際に穏仁が出たわけで、一度出たならまた出ることもあるだろう。今の自分はその手の問題を解決する部署の職員なのだから、もし何か起きた時「役に立ちませんでした」では済まされない。そんなことになったら自分だけではなく陰陽課の信用問題だし、ひいては公認陰陽師制度の存続にも関わる可能性だって、云々《うんぬん》。

真面目な口調で懇々《こんこん》と語れば、春明はようやく理解したのか、あるいは相手をしてやった方が楽だと判断したのか、心底面倒そうに溜息を落とした。

「分かったよ。だったら、いざという時のために簡単な術を教えてやる。子どもにでも使える魔除《まよ》けの業《わざ》だ。一回しか言わねえからよく聞いとけよ」

「あ、はい」

心持ち背を丸くすると、祈理はペンをしっかり構えた。一文字も聞き漏らすまいと睨む後輩を、春明はうっとうしそうに一瞥し、口を開く。

「まずは心を落ち着かせること。はやってると何にもならねえからな。その後、指をこう組んで、その間から相手を覗くんだ。で、ソーコーヤソーコーヤ、ハタチガカドニモンタテテ、トウヤヒガシヤランヤアララン と唱え、隙間からふっと息を吹く」

両手の指を複雑に絡み合わせて掲げた春明が、左右の人差し指の隙間を目に当てた後、息を吹き付ける。慌ててメモを取る祈理の隣で、春明はすぐに両手を元に戻し、ポケットに突っ込んでしまった。

「これが『狐格子《きつねごうし》』。『狐の窓』って言われることもあるが、まあ要するに簡単なバリヤーで、妖術をリセットする効果もある。時間稼ぎにしかならないこともあるが、知らないよりはましだろう」

「は、はい……ええと、指をこうやって――すみません主任、呪文《じゅもん》をもう一度確認させて貰ってもいいですか?」

「一回しか言わんと言ったぞ」

視線を合わせようともしないまま、春明は祈理の頼みをあっさり撥ねつけ、歩調を速めた。説明はしたのだから義務は果たしたと言いたいようだ。祈理は不満を覚えたが、食い下がってもどうせ無理だとも分かっていた。であれば、とりあえず話が聞けただけでも良しとするしかなさそうだ。祈理は自分を納得させると、手帳をめくり、先に進む春明に再び並んだ。

「次はどこに行くんですか？」

「行けば分かる。それにしても質問多いなお前」

「主任が説明しなさすぎなんだと思います。それと、気になってたんですが、異人の皆さんって平安時代からずっと生きてらっしゃるんですか？」

「人間に比べりゃよほど長生きだが、さすがにそこまでの古株はほとんどいねえよ」

「ふむふむ。どうやって増えるんです？」

「種族によって色々だ。人と同じように子を産む奴もいれば、人や動物が変異することもある。水や風の精なんてのは自然の気《け》が凝《こご》って自然発生するし、昔に封じられてた霊がひょっこり出てくることもあるな。これでいいか」

「まだあります。陰陽課の」

「知らん」

「まだ何も言ってないじゃないですか！」

☆☆☆

京都市東山《ひがしやま》区。名前通り、京都の東側に位置する山がちな地区であり、長い五条《ごじょう》坂《ざか》を登った先には清水寺《きよみずでら》が控えている。参拝客向けの土産物屋や飲食店が軒を連ねる坂の麓《ふもと》に、一見すると民家と見まがうような小さな蕎麦屋《そばや》がちんまりと店を構えていた。

「では、いただきます」

その奥の四人掛けのテーブル席で、祈理は手を合わせてつぶやいた。目の前では、運ばれてきたばかりの鴨南蛮蕎麦《かもなんばん》が良い香りの湯気を立てている。透明度の高い出汁《だし》は関東育ちの祈理にとっては新鮮で、関西に来たなあ、という感慨が湧き上がった。

時刻は午後二時少し過ぎ。昼食にしては遅い時間である上、午前中に市内を延々歩き回ったせいで、ひどく腹が減っている。では、と塗り箸《ばし》に手を伸ばそうとしたところで、祈理は改めて前の席の銀髪で長身の青年に視線を向けた。

「主任、本当にお昼食べないんですか？」

「しつこいぞ。昼は食わん主義だと言ったろ」

すっかり聞き慣れてしまったぶっきらぼうな声が、向かいの席から飛んでくる。春明は祈理をじろりと睨むと、「俺はこれだけでいい」と、蕎麦湯の入った湯呑を持ち上げた。

どうやら本気で昼食はいらないようだと祈理は理解した。そういうライフスタイルの人がいるのは知っているが、このでかい体がよく一日二食で保つものだ。陰陽道の秘術だろうか、などと適当なことを考えつつ、祈理はようやく箸を取った。

「今度こそ、いただきます」

「早く食えよ」

「善処します」

急かしてくる春明に言葉を返し、ついでに店内を軽く見回す。四人掛けのテーブルが三つとカウンター席だけの、こぢんまりした小さな店だ。壁に貼られたメニューは全て手書きで、レジには色褪せた招き猫が鎮座し、流れているのは市内向けのAMラジオ。いかにも個人か家族経営といった感じの店で、落ち着けるし値段も安いし、昆《こ》布《ぶ》出汁の効いた蕎麦も実際美味《おい》しい。それはそれでありがたいのだけど……と祈理は内心でつぶやき、じろっと春明に上目を向けた。その目は何だ、と春明が睨む。

「俺が連れて来てやった店に文句があるのか？　まずいならそう言え」

「そんなことはないです。美味しいですよ。……ただ、主任に聞かれた時、わたし、せっかくですから京都らしいものが食べたいって言いましたよね？　どうしてお蕎麦なんです？」

「じゃあ何が食いたかったんだ。湯葉か、それとも生麩《なまぶ》か」

「何でその二択なんです。ほら、季節の具材を使った料理とか色々あるでしょう」

「今なら筍《たけのこ》だな。あとは菜の花かそら豆か」

「あるじゃないですか。そういうランチのお店とかないんですか？」

「あるだろうが知らん。勝手に調べて勝手に行け」

　相手をするのが面倒になったのか、春明が視線を逸らして言い放つ。祈理は「そうします」とうなずき、溜息とともに蕎麦に向き直った。

　そして、黙々と蕎麦を手繰ること数分間。春明は黙って机に肘を突いていたが、ややあって「じろじろ見るな」と声を発した。気付かない間に見据えてしまっていたようだ。すみません、と謝る祈理の前で、春明は湯呑を置いて尋ねる。

「まだ文句があるのか？」

「だって、京都らしい店に連れてってやるって言ったのに――じゃなくてですね。えと、午前中に主任が会わせてくださった方達のことを思い出していたんです。ほら、皆さん、ほんとに普通の方なんだなって思って」

　これ以上ブツブツ言われるのを避けるために話を変えた祈理だったが、これもまた本音ではあった。角隠老人を始め、大蛇《だいじゃ》も器物の変化も古狸《ふるだぬき》も、祈理が紹介された相手は、年齢や性別こそ幅があったが、皆、外観も内面も、一様に良識のある市民だった。「実はあれは異人でも何でもない」と春明が言えば、すぐさま信じただろう。と、その感想を聞いた春明は、椅子の背もたれにどっかりと背中を預けた。

「当然だ。お前に引き合わせたのは、勢力や種族を代表する立場の顔役ばかりだからな。あの手の連中は全員――いや違うな、概《おおむ》ねのところは常識人だ。立場上、下手なことをすれば仲間の顔にまで泥を塗ることになるから、どいつもこいつも自重してる。おかしな噂《うわさ》はこの街ではすぐに広まるし、古い奴ほど体面を大事にするからな」

「なるほど……。で、主任。今『概ねのところは』って言われましたけど」

「それがどうした」

「つまり、例外的な方もいらっしゃるってことですよね？」

素直な疑問を口にする祈理。と、何か嫌なことを思い出したのか、春明のもともと厳めしい顔がさらに忌《い》まわしげに歪《ゆが》み、眉間《みけん》に深い皺《しわ》が刻まれた。眉も銀色に染めてるんだ、と祈理はこの時初めて気付いた。

「……どうしようもない馬鹿野郎もいることはいる」

吐き捨てるように言い放った春明が、残っていた蕎麦湯をがぶりと飲む。代表格の異人の中に、よほど合わない相手がいるようだ。祈理としては具体的なところを知りたかったが、突っ込んで尋ねたところで凄《すご》まれるだけに違いない。

「じゃあ、別の質問いいですか」

「またか？　お前はそればっかりだな」

「すみません。分からないことはすぐに主任に聞けって、課長も仰《おっしゃ》いましたから」

「そこでおっさんの名前を出すかよ。……まあいい。何だ」

「何であんなに歩きたがるんですか？　地下鉄もバスもない場所ならともかく、わざわざ一駅前で降りてましたし……。経費の削減のため？」

「陰陽師が辻占《つじうら》をやるのは当然だろうが――って、そうか。知らねえんだな。あのな、辻占ってのは往来を行き交う連中の言葉から未来を読み解く託宣《たくせん》、要するに一種の占いだ。呪歌《じゅか》を口中で三回唱えた上で、二人連れ以上で歩く者の言葉だけを聞き取り、陰陽五行に則って解読する。最初に行った鬼の爺の家で、俺が方角がどうこう言ってたのは覚えてるか？」

「あっ、はい。確か、北が不吉だから一回東へ進めとか何とか……。急に変わったこと言うな、とは思いましたが」

「それだ。目的地と別の方角へ進むことで吉凶の状況を変える呪術は『方違《かたたが》え』っつうんだが、あの場合、俺はその判断基準を辻占で知り、爺に教えてやったわけだ。辻占は非効率的な占いだからあんまり好きじゃねえんだが、街についての情報は多い方がいいからな」

心底説明が面倒なのだろう、春明は早口で一気に語ると「分かったな」と付け足して黙り込んでしまう。そのハイスピードな解説に、祈理はきょとんと驚いていた。

祈理はそもそも占いの類を信じていなかったが、昨日の穏仁退治の手際からしても、春明がその手のスキルを有しているのは確実らしい。だから占いだってできるのだろう、とは思うし、そこに驚きはないのだが、意外だったのは彼の姿勢だ。

適当でガサツで乱暴な駄目公務員だと思っていたが、足しげく真面目に情報を収集し、そこで得た知見を市民に還元したりもしているようだ。市役所の職員としては当然の行いではあるけれど、今までの印象が酷かったせいでつい感動してしまう。

「主任、案外ちゃんと仕事されてるんですね……」

「案外って何だ、おい」

キラキラした視線を向けられた春明が、疎《うと》ましそうに反論する。祈理の評価がくすぐったいのか、春明は目線を逸らしてしまった。

「もう食い終わったな。終わったら行くぞ」

「はい、大丈夫です、お待たせしました」

どうやらこの陰陽師、すぐに今の話題を終えたいらしい。子どもか、と祈理は心の中で呆れると、水の入ったコップを取って一口飲んだ。

「お昼からも挨拶回りの続きですよね？　次はどこへ？」

「天狗の惣領にも面通しをしておきたいんだが、あいつは確かどこぞに登山に出かけているからな……。あとは……くそ、どうしようもない馬鹿のところか」

ガリガリと頭を掻きながら、春明が億劫《おっくう》そうに席を立つ。さっき口にしていた苦手な相手がこの近くに住んでいるようだ。余程嫌いなのだろう、強く歯を噛み締めているので尖った犬歯がよく見えた。

そして、祈理がコップを持ったまま、「その方って」と口にした、次の瞬間。

祈理は、見知らぬ座敷のただ中で、自分と向かい合っていた。

「……え。えっ？」

戸惑う声が祈理の口から自然とこぼれた。

今の今まで自分は確かに、蕎麦屋で春明と向かい合っていたはずなのだ。その証拠に右手にはお冷の入ったコップがあり、膝にはバッグが載っているし、記憶だって鮮明だ。それなのに、今、祈理がいる場所はまるで違った。

古いお寺を思わせる、何十畳もありそうな大広間である。

畳が隙間なく並べられ、ところどころに黒い柱が立っている。どこまで続く部屋なのか、果ては見えない。畳の縁と柱とだけが等間隔に並ぶ様は、まるで遠近法の模式図だった。

そんなだだっ広い空間の真ん中で、祈理は座布団に正座し、そして自分と相対していた。より正確に言うならば、どこをどう見ても火乃宮祈理としか思えない容姿の人物と、向かい合って座っていた。

アップにした髪に小柄な体躯《たいく》、ビジネススーツに見慣れた眼鏡にきりっとした太い眉。今朝、鏡で見た自分と全く同じ姿の誰かが——自分はこっちにいるのだからこの相手は自分ではないと、祈理は瞬時に判断した——目と鼻の先に座っている。

最初は鏡かと思ったが、すぐに違うと分かった。自分であるところの祈理は驚いているのに、対面の祈理はにこにこと笑みを浮かべているのである。

理解しがたい状況に、つい春明に助けを求めそうになる。だが「主任」と呼びかけそうになった声を、祈理はぐっと制した。見渡す限りのこの大座敷にいるのは、自分ともう一人の自分だけ。いない相手を呼んだところで仕方ないだろう。

何が「だから俺がいるんだろうが」ですか。肝心な時にいないじゃないですか！　役に立たない公認陰陽師を心の声で罵《ののし》りながら、祈理はとりあえずコップを畳に置いた。倒れないのを確認し、そして改めてもう一人の祈理に向き直った時——祈理は、またも驚いた。

「ひゃっ！」

今度は悲鳴に近い——そして、さっきよりやや大きな声が出た。

眼前で正座している自分の顔の目が、一つになっていたのである。いつの間にか眼鏡が消え失せ、鼻の上にソフトボールサイズの一つ目が爛々《らんらん》と輝いている。こうなると見分けが付きやすいが、そんなことを喜んでいる場合ではない。自分であって自分でない異様な顔を見せつけられ、祈理は思わず後ずさりそうになったが、深く息を吸い、ぐっと相手を見返した。

怖くないわけでは決してない。無理矢理閉じている口からは今にも絶叫が漏れそうだし、腰はもう抜けかかっている。昨日までの祈理なら、ここで怯えきってへたり込んでいたに違いない。それは確実だけど——と祈理は思った。

今日からは、いや正確には昨日から、自分はいきいき生活安全課の職員、つまり、妖怪と呼ばれる存在と向き合うプロなのだ。怯えて逃げ惑《まど》っていては職員失格である。課のあり方や春明の勤務態度など納得できないことは多いが、辞令書を受け取った以上は逃げるわけにはいかない！

妖怪のことは詳しくないが、何しろ妖怪なのだから挨拶代わりに無限に続く座敷へ引き込んで一つ目になって驚かす人くらいはいるだろう。いないような気もするが、いたって不思議ではないはずだ。祈理は無理矢理背筋をまっすぐ正すと、単眼の偽物を睨み返した。落ち着け。落ち着け。動じるなわたし。

「お、お世話になっております。陰陽課の火乃宮と申します……！」

震える声を必死に発する。と、それを聞いた一つ目の祈理は面食らったのか、一瞬きょとんと目を瞬いたが、すぐに両手を大きく広げて立ち上がった。

「ももんがあっ！」

「どういったご用件で――ひいっ！」

意味不明な威嚇《いかく》を受け、祈理の言葉が悲鳴に変わった。その眼前で自分そっくりの口がめりめりと耳元まで一気に裂け、長い舌が躍り出す。明らかに自分の物とは違うざらついた舌に鼻先を舐《な》められ、祈理は本能的な危機を感じた。

やばい。これはもしかしても――いや、もしかしなくても、言葉が通じない系の異人さんでは？　だとしたら……と、瞬時にそこまで考えたその矢先。祈理はとっさにバッグから手帳を引き出していた。震える手でページをめくり、午前中に書き付けた箇所を全速力で探す。

「ええと――あった！」

目当てのページを見つけた瞬間、祈理は両手を前に突き出し、左右の指を組み合わせていた。

――簡単な術を教えてやる。子どもにでも使える魔除けの業だ。

嫌そうな声が脳裏に響く。あの不真面目な上司の言葉に頼るのは不本意だが、背に腹は代えられない。祈理は組んだ指の間から一つ目の自分をキッと睨んだ。

「こうやって隙間から相手を覗いて、後は――ええと、『ソーコーヤソーコーヤ、ハタチガカドニモンタテテ、トウヤヒガシヤランヤアララン』！　で、息を……！」

メモを口に出して読み上げながら、指の隙間から全力で息を吹きかける。ふうっ、と響く短い音。これで駄目なら打つ手はない。どうか上手く行きますように――と、内心で願い終えるより早く、祈理は蕎麦屋に戻っていた。

「……あ」

切り替わった光景を前に、祈理がぽかんと拍子抜けする。

四人掛けのテーブル席で、目の前には不安げにこちらを見据える春明がおり、机には食べ終えた器や蕎麦湯の湯呑が並んでいる。そして祈理の隣には、いつからいたのか、見知らぬ男が腕を組んで微笑んでいて――。

「って、えっ？　ど、どなたです？」

落ち着きかけた心が再び乱れる。隣の席にいつの間にか腰掛けていたのは、黄緑の着物に深緑の羽織を重ねた、若旦那《わかだんな》風の美丈夫《びじょうふ》だった。

すらりとした細身で撫で肩、年齢は春明と同じく二十代半ば。明るい金色の長髪を額で左右に分け、整った顔に人懐《ひとなつ》こい笑みを浮かべた若者である。和服を着なれた雰囲気や愛嬌のある表情を見て、祈理は反射的に、落語家だろうか、と思った。

「え、ええと……？」

「初めまして、火乃宮祈理はん」

祈理が素性を問うより早く、和服の男が口を開いた。雰囲気に見合ったフランクでおっとりした声である。いきなり名前を呼ばれ、祈理はまたもきょとんと驚いた。よく驚く日だ。

「何でわたしの名前をご存知なんです？」

「全知全能の妖狐《ようこ》にはそれくらいお見通しや。ちゅうのは嘘で、胸に提げてはる名札に書いてありますがな。最近のお役人は大概外してはるのに、珍しいですな」

「え？　あ、外すの忘れてた……！　それで、ええと」

「はい。お初にお目に掛かります。僕はですな」

「四代目の宗旦狐《そうたんぎつね》」

ぶっきらぼうで不機嫌な声が、自称全知全能の妖狐の自己紹介に割り込んだ。向かいに座る春明である。祈理が困惑しながら、そして和服の男がムッとしながら視線を向けた先で、銀髪でスーツの公認陰陽師は先を続ける。

「狐族特有の無責任主義が生んじまった問題だらけの惣領で、悪名高い化け狐。表の顔は贋作屋《がんさくや》で、手の施しようのない女好きで、たった今お前を化かした野郎だ」

「化かした……？　ということは、私はこの人に騙されて……？」

「人聞きの悪いこと言わんといてんか、陰陽屋はん」

祈理の疑問を遮るように、和服の男が声を発した。四代目宗旦狐と呼ばれた青年は、蔑《さげす》むような横目を春明に向け、大仰に首を左右に振ってみせる。

「まあ、そら化かしたことは化かしましたで。せやけど僕はな、京の街の狐族に民主的に選ばれた当代の取りまとめ役で、千利休《せんのりきゅう》の流れを汲《く》んで相国寺《しょうこくじ》に祀られた由緒《ゆいしょ》正しい化け狐の四代目。表の顔は今出川に店を構える茶道具屋で、シャレの分かる粋《いき》で優しいフェミニストや。間違われたら困ります。せやろ？」

にっこり笑って祈理に同意を求める青年である。愛嬌のある笑みではあったが、「せやろ」と言われても、と祈理は思った。初対面じゃないですか。

「ええと……『四代目宗旦狐』さんでよろしいんですか？」

「よろしいです。せやけども、それは屋号みたいなもんですさかい、名前で呼んでくれると嬉《うれ》しいですな。外向きの名前は油小路天全《あぶらこうじてんぜん》と申します。以後よろしゅうに」

「あっ、こちらこそ、よろしくお願いします。昨日付でいきいき生活安全課に配属されました、火乃宮祈理です」

慌てて挨拶を返すと、祈理は改めて隣の席の天全に目を向けた。どうやらこの若旦那風が、京都の異人三大勢力の一つである狐の代表であり、たった今自分に幻覚を見せた犯人らしい。あと、春明の露骨な敵意を見る限り、彼が先刻から話題にしていた「どうしようもない馬鹿野郎」というのもこの人のようだった。

「しかしまあ相変わらず急に出てくる野郎だな。どこから湧いてきたんだ」

「妖狐は神出鬼没なものでっせ。と言うか、そもそも、ここは僕が君に教えたげた店やがな。今日もお昼をいただこうかと来てみたら、僕を嫌ってる気配がしたさかい」

「俺を困らせてやろうと思って、このド新人に幻術を掛けたわけか？　相変わらずやり口が嫌らしいな」

「まあ、そんなとこですわ。しかし五行はんも狐格子を教えとくとは意地が悪いで。狐系統の術はあれに弱いんや。参りましたわ」

あまり参ってもいないような顔で天全が微笑《ほほえ》む。春明はその顔を再び睨むと、会話に聞き入っていた祈理をちらりと見た。

「それは俺も予想外だったな。昨日は怖がるだけだったくせに、正直、一人で幻術を破るとは思ってなかった。狐格子の呪言《じゅごん》なんかよく覚えてたな」

「よく覚えてたって、主任が教えてくれたんじゃないですか」

「言うには言ったが、あれをメモれたとは思ってなかった」

「残念ながら、ちゃんと書き留めてましたので」

　春明をまっすぐ見返し、祈理は机の上の手帳を叩《たた》いてみせる。少しだけ自慢げに胸を張ってみせれば、春明は「ほう」と微かな声を漏らして目を見開き、ややあってぼそりと祈理に声を掛けた。

「で。本当に大丈夫か？」

「え？　は、はい……」

「本当だな？　小便漏らしてないだろうな」

「大丈夫です！」

　春明の不躾《ぶしつけ》極まる質問に、祈理はきっぱり言い返して目を背けた。後輩を気遣ってくれるのはありがたいが、その質問はどうなんですか。顔を赤くして呆れていると、隣の席の天全が明るく笑った。

「気の強いお嬢さんやなあ。泣き叫ぶかと思てたのに当てが外れたわ」

「そんなこと思ってたんで——ひゃっ？」

ふいに天全の手が祈理の肩を抱き、ぐいっと強く引き寄せる。春明が止める隙もない早業だ。情けない声をあげた祈理に、天全は自然に顔を近づけ、鼻を鳴らして匂いを嗅いだ。

「おどかしてしもて堪忍《かんにん》な。あの無粋な陰陽師を困らせたろうと思ただけなんや。……うん、やっぱりいい香りや。僕好みの気丈な魂ですわ。この無垢《むく》で強うてはんなりした感じ、京の娘さんではあらへんな？　お国はどちらです？」

「え、ええ、千葉から出てきたばかりで……」

しどろもどろになりながらも応じてしまう祈理である。至近距離に迫った天全からは、お茶のいい香りが漂っていた。茶道具屋というのは本当なのだろうな、と思った祈理の目と鼻の先で、天全がにこっと笑みを浮かべる。

「それはそれは、遠いところからようお越しくださいました。化かしてしもうたお詫《わ》びと、お近づきのしるしに一席設けさせていただきますわ。今夜空いてはる？」

「えっ……ええと——こういう時は——そう！　お、お申し出はありがたいのですが、規則上、市民の方からの物品の授与や宴席へのお招きをお受けすることはできないことになっております」

「……はい？」

「つきましては、申し訳ありませんがお誘いは辞退させていただきます。なお、わたしの今夜の予定については、業務には関わりのない内容ですので、回答を控えさせていただきます！」

　天全に抱き寄せられたまま、祈理は一気に言い切った。と、その言葉が予想外だったのか、数秒間の沈黙の後、天全は向かいの春明と顔を見合わせ、そして一際大きな声をあげて笑った。同時に、祈理の肩を抱き寄せていた手がスッと離れる。

「あっはっはっは、そう来はったか！　僕もこの街で長いけど、そんな風に振られたのは初めてやで。なあ五行はん？」

「知らねえよ。つうか火乃宮、お前もお前だ。何を馬鹿丁寧に応じてるんだ」

　春明が祈理をまっすぐ見据えて苦言を放つ。いやしかし、そう言われてもですね。思い出したようにドキドキし始めた心臓をなだめながら見返した祈理に向かって、春明はがりがりと頭を掻いてさらに続けた。

「陰陽課は異人取り締まりの権限も持ってるっつったろうが。こういうおかしな手合いはな、杓子定規《しゃくしじょうぎ》に相手してやる必要はねえんだよ。うるせえエロ狐っつって振り払って、一、二発殴ってやりゃあいいんだ」

「そんな乱暴な。大体、そこまでのことはされてませんし」

「せや。祈理ちゃんの方が正しい」

呆れた祈理の反論に、天全がきっぱり同意した。若旦那風の妖狐は袂の中で腕を組むと、春明をきつい視線で睨んだ後、祈理に柔らかな笑みを向けた。

「お役人が馬鹿丁寧で杓子定規なのは当然やないか。口もガラも悪い五行はんより、この娘さんの方がよっぽど道理が分かってはるで。祈理ちゃん偉い」

「あ、ありがとうございます……？」

「お礼を言われることではあらへんで。ところで祈理ちゃん、今お付き合いしてる人はいるんかいな」

「え？　いませんが」

「ほほう。ちなみに今までいたことは」

「それがあいにく縁がなく――じゃない！　危ない！　で、ですから、先ほど申し上げたとおりですね、業務には関わりのない内容はお答えしかねますので……」

褒められて気が緩んだ不意を突かれ、ついプライベートな話題に応じてしまった。いつの間にやらちゃん付けで呼ばれてしまっているし、油断ならない人物だ。気を引き締めながら顔を赤くしていると、春明が肩をすくめて溜息を落とした。

「上司の前で部下を堂々と口説くなよ。大体、人と狐じゃ種族が違うだろ」

「堅いやっちゃなあ。狐と人が結ばれた実例を知らんわけでもなかろうに。乱暴な鬼や抹香《まっこう》くさい天狗と違って狐は美形で粋やさかい、好いたり好かれたりもよく起こる。あれは大正やったか、好いた男と結婚して、人として生きた狐もおったやろ？」

「へえ。そうなんですか」

「そうなんですわ、祈理ちゃん。多分陰陽課に記録が残ってるはずやで。探してみ？とまあ、そういう先例もあるわけやさかい、僕と祈理ちゃんかて」

「いい加減にしつこいぞ。それ以上続けると御霊委員会に懲罰《ちょうばつ》動議を出す」

この上なくドスの利いた重たい声が、天全の軽やかなトークを断ち切る。さっきまでとは真剣みの違う口調に、天全はここらが潮時《しおどき》と察したのか、苦笑しながら口を閉じた。お邪魔しました、と礼儀正しく告げながら、若旦那風の狐が立ち上がる。

「ほな、僕はここらで失礼させて貰いますわ。でもその前にこれだけは」

そう言うと、天全は羽織の中から薄黄色の名刺を取り出し、祈理に渡した。「茶道具古美術一式修理取扱　来ツ寝堂」という屋号が筆文字で大きく記され、アドレスや電話番号、住所などが並んでいる。受け取った名刺に見入る祈理に、天全は「僕の店ですわ」と付け足した。

「へえ……。読み方は『きつねどう』でいいんですか？」

「ええ。日本霊異記《にほんりょういき》にちなんでますねん。美女に化けた狐が男と結婚して幸せに暮らしてたけど、犬に脅かされて正体がバレてしもうた、という話です。女は山へ帰ったけども、男は『お前が狐でもかまへん、いつでも寝に来てくれ』と言うたそうで。来ては寝、来て寝、来つ寝で『狐』という名前になったというロマンティックなお話ですねん。で、お客さんにもそんな出会いをして貰おうと、古美術商を営んで」

「表向きはな。裏の顔は贋作の横流しと鑑定書の偽造が専門のインチキ野郎だ」

「せやから人聞きの悪いこと言わんといてんか。狐が人を化かすのは、これはもう本能的なアイデンティティの発露やがな。性根の汚いアホしかカモにせえへんし、怪しい術は使わんとテクニックだけでやってるんやさかい、褒めてほしいくらいや」

不満げに春明を睨む天全だったが、言われたことを否定しているわけではない。どうやら贋作屋で文書偽造の専門家というのは本当のようだ。祈理が不審な目を向けると、天全は悪びれずに親しげな笑みを返した。

「まあ、必要な偽文書があったら言うとくんなはれ。安うしときます」

「結構です。と言うか、公務員にそんなこと言っちゃ駄目だと思いますよ……？」

「あはは、ほんまに固い娘さんやなあ。まあ、気楽に声を掛けとくれやす。騙してしもたお詫びや、できることなら何でもさせて貰います。千葉から出てきはったばっかりやったら、この街のこともまだ知らんやろうし、案内人がおると助かりますやろ？　普段使いするようなお店の場所とか」

「え？　まあ、それは確かに」

「それくらいは俺が教えてやる。いいから行け」

うんざりした様子を隠そうともせず、春明がしっしっと掌を振る。それを見た天全は「無粋なやっちゃなあ」と苦笑した。

「あんたもこっち側の人やろうに、何でそう邪険にするかなあ……。ほなね」

祈理に笑みを向けて一礼し、天全が悠々と立ち去っていく。その後ろ姿を横眼で追いつつ、祈理は狐の残した言葉に首を傾げた。

「主任が『こっち側の人』って、どういう意味です？　京都人ってことですか？」

「あ？　あいつの思惑なんか知るか。ったく、相変わらず女と見ればヘラヘラと……まあ、訪ねる手間が省けたのは良かったか。おい、行くぞ」

「ちょっと待ってください。四月二日午後二時、狐族の取りまとめ役の四代目宗旦狐こと油小路天全氏に挨拶――と」

肩をすくめる春明に、祈理は手帳を広げたまま言い返す。見聞きしたことを簡潔にまとめて書き留めていると、春明が露骨に呆れて言った。

「お前、ほんとに火乃宮メモリだな」

「記録は大事ですよ？　実際、主任の教えてくださった呪文をメモっておいたおかげでわたしは天全さんの術を破れたんです。一日も早く陰陽課の職員として認められるためにも、ちゃんと書き記して覚えることは重要だと思います。それと」

「何だ」

「わたしは火乃宮祈理ですので」

上目で春明を一瞥しつつ、さらさらと続きを書き記していく。その姿を見下ろした春明は、「くそ真面目め」と呆れたが、眼前の部下を少しだけ見直す気になったのか、その声は先ほどまでと比べてどこか柔らかかった。

三話
怪しき女、洛中を騒がせしこと

夏比《なつのころほひ》、西《にし》の台《たい》の延《えん》に人《ひと》の寝《ね》たりけるを、長三尺許有《たけさむじゃくばかりあ》る翁《おきな》の来《きたり》て、寝《ね》たる人《ひと》の顔《かほ》を捜《さぐり》ければ、「怪《あや》し」と思《おもひ》けれども、怖《おそろ》しくて何《い》かにも否不為《えせ》ずして、虚寝《そらね》をして臥《ふし》たりければ、翁和《おきなやは》ら立返《たちかへり》て行《ゆ》くを、星月夜《ほしづきよ》に見遣《みやり》ければ、池《いけ》の汀《みぎは》に行《ゆき》て、掻消《かきけ》つ様《よう》に失《うせ》にけり。

（『今昔物語　巻二十七　冷泉院水精成人形被補語《れいぜいのゐんみづのたまひとのかたちとなりてとれへらるること》』より）

　事務室の壁に掛かった時計が十二時十五分を示すのと同時に、設定されたチャイムが鳴った。キンコンカンコンと響く呑気《のんき》な音に、パソコンに向かっていた枕木はキーボードを叩く手を止め、同室の二人の部下に声を掛けた。

「休憩時間です。お昼にしましょう」

「はい。分かりました」

「住所録の更新、一人でやらせてしまって申し訳ありませんね。議会提出用の資料を急に言われなければ、私が出来たのですが。今日中には終わりそうですか？」

「ええ。お気遣いありがとうございます」

　愛妻弁当と水筒を出していた枕木にうなずきを返すと、祈理は表計算用ソフトを閉じた。自分もデスクの下のバッグから弁当を取り出し、抑えた声で言い足す。

「……居眠りしている方が手伝ってくれたら、もっと早く終わるんですけどね」

「おい聞こえたぞ」

　ぶっきらぼうな声が対面のデスクから飛んでくる。例によって机に脚を投げ出していた春明は、アイマスク代わりに顔に載せていたハンドタオルをどけると、座り直して祈理を睨んだ。

　春明は今日も昼は食べないようだ。そう言えばこの人が食事してるの見たことないな。歓迎会的なものもなかったし……。そんなことをふと思った祈理に向かって、銀髪でガラの悪い陰陽師は口を開いた。

「俺はお前とは違うんだよ。陰陽課の公認陰陽師は休める時に休むのも仕事の内だ。春から夏の間は、七瀬《ななせ》祓《はらい》に四角四境祭《しかくしきょうさい》に泰山府君祭《たいざんふくんさい》と大事な行事が並んでるからな、そこらに備えてパワーをチャージしてるんだよ。それとも何か？　お前が代わりに儀式をやってくれんのか？」

「別にそんなことは言ってません。ただ、職場で堂々と寝られる神経が分かりかねるだけです」

　手作り弁当の蓋を開けながら、祈理が冷たく切り返す。いきいき生活安全課、通称陰陽課に配属されて二週間。最初の頃はそれなりに遠慮していた祈理だが、最近では堂々と反論できるようになっていた。客観的に見ても自分の方が働いているという自負があるので、口調も自然と強くなる。

「それでも公務員なんですか？　態度は適当だし、嘘は吐くし」

「嘘って何だ。いつ俺がお前に嘘を言った」

「普段使うようなスーパーとかお店を案内してやるって言ったのに、全然教えてくれないじゃないですか。もう二週間ですよ」

「ぐ。それは……」

「まあまあ。五行君が日用品店や飲食店に詳しくないのは仕方ないですよ」

気まずげに口ごもった春明を庇《かば》うように、黙々と昼食を摂っていた枕木が口を挟む。

何がどう仕方ないんですか、それ。祈理が思わず課長席に向き直れば、枕木は自分の机に並んだクリアファイルの束からＡ４サイズの紙を取り出し、祈理に渡した。

「そういうことならこれをどうぞ。参考になるかと思います」

「え？　えーと、これは」

「このあたりの店舗の地図です。スーパーや惣菜《そうざい》店、食堂に日用品店など、一人暮らしの普段使いに便利なお店が記してあります。去年の暮れに、この近くに越してきた異人さんがいらっしゃいましてね。その際に私が作ったものです」

「へえ……。見やすくていいですね、これ。ありがとうございます」

「いえいえ――ああ、そのまま持って帰っていただいて構いませんよ？」

「いえ、それは良くないと思います。市の備品および消耗品の私的な利用や持ち帰りは禁止されていますから。昼休みが終わる前に写してお返しします」

愛用の手帳を広げた祈理がきっぱり告げ、それを聞いた春明が、また始まったと溜息を吐く。一方枕木は、その反応を予想していたのだろう、魔法瓶《びん》のお茶を一杯飲むと、落ち着いた声で語りかけた。

「その案内図はもう不要になった、処分すべき書類です。見ての通り、表裏に印刷してあるので再利用もできませんから、捨てるか古紙回収に出すしかありません。どうせ廃棄するのであれば、有効活用していただいた方がいい。違いますか？」

「それは……違わないと思いますが」

「そうですね。無論、プライバシーや個人情報が記された文書については確かに持ち帰りは厳禁ですが、誰でも知り得る情報の記された廃棄文書についてはこの限りではありません。なので、火乃宮さんが持って帰って私的利用したところで、規則に触れることはないわけです。言い方は悪いですが、ゴミを持って帰ってリユースするわけですからね。この考え方でいかがでしょう」

「なるほど。論理的ですね。……そういうことであれば、ありがたくいただきます」

祈理はそう言って一礼すると、転記する手を止め、地図を畳んでバッグに入れた。満足そうに枕木がうなずき、同時に春明が呆れかえった声を発する。

「お前その堅物ぶりは何なんだ？　実家が裁判所で親が裁判官か？」

「私設の裁判所なんかあるわけないでしょう」

「お前を見てるとありそうな気がするんだよ。なあ、おっさん」

「私にはともかく火乃宮さん、業務外でも分からないことがあればお尋ねくださいね。日用品店の場所はお渡しした地図で分かるとは思いますが、他に何かありますか？」

「ありがとうございます。今のところ特に――っと、そうだ。大きな本屋さんって、この近くだとどのあたりにありますか？」

箸を持つ手を止め、祈理は思い出したように問いかけた。いきいき生活安全課の仕事は基本的に定時通りで、残業や早出はほとんどない。おかげで趣味の読書がはかどり、引っ越す時に持ってきた本はほとんど読んでしまったのだ、と祈理は説明した。

「電子書籍は自宅で買えますが、現物を見て選びたいんです。それに、社会評論系の新刊って電子にならない本も多いですから」

「ははあ、なるほど。火乃宮さんの趣味は読書でしたか。それなら丁度いい。五行君はこう見えて読書家で、週末になると大きな本屋を回っています。同じ寮に住んでいるし、休みも一緒なのだから、案内して貰えばいいでしょう」

「……え。主任、本読まれるんですか？」

「お前、俺を何だと思ってるんだ？　あんまり馬鹿にすると軽く呪《のろ》うぞ」

「や、やめてくださいよ！　主任が言うとシャレにならないんですから」

声を荒げて凄んだ春明に、祈理は弁当の蓋をとっさに構えてガードした。馬鹿にしたわけではありませんので、と弁解しながら、祈理は内心で溜息を吐いた。

二週間経ってこの公認陰陽師にも慣れてきたが、だからと言って許容できるようになったわけではない。と言うかそれは今後も多分無理だ。口は悪いし物腰は乱暴だし仕事はしないし、そりゃあスキルはあるんだろうけど、それにしたってあまりにひどい。二十歳そこそこのくせに、年上の課長にもため口で偉そうだし……と、そこまで心の中で愚痴ったところで、ふと小さな疑問が浮かんだ。

「主任の前の公認陰陽師ってどんな人だったんです？」

「俺の前？　どういう意味だ」

「そのままの意味ですよ。主任が就職される前には、別の方がここで陰陽師をされてたわけですよね、課長？」

「その通りです。何しろ千二百年続いているお役目ですから。ちなみに先代は星御門《ほしみかど》鏡石《きょうせき》君で、そのさらに前任者は蛸薬師《たこやくし》保憲《やすのり》さんでした。詳しく知りたいのなら当課の記録を見返してください」

「さすが課長、よくご存知ですね……。で、その人達も、その――こういう勤務態度だったんですか？」

春明をちらりと一瞥すると、祈理は枕木に向き直って問いかける。まさかそんなことはないですよね、この人が特殊なだけで普通はもっと真面目ですよね？　そう期待して見つめたのだが、枕木は答える代わりに春明と顔を見合わせ、揃って肩をすくめただけで、何も言わなかったのだった。

「えーと課長、それはどういう……？」

「まあ、追々分かってくると思いますよ」

☆☆☆

「おはようございま――」

その週末、土曜日の朝のことである。

京都市元土御門町職員寮の二号室の前で、祈理は自室から出てきた春明を見るなり、挨拶の途中で絶句した。馬鹿にされたと思ったのか、春明は祈理に苛ついた顔を向けてじろりと凄む。

「何だその顔は。本屋回るならお前も連れてけとおっさんがしつこく言うから、仕方なく案内してやろうってのに。気が変わったのなら置いてくぞ」

「い、いえ、そういうわけではないですが……」

「じゃあ何だ」

「そのですね……主任、どうして、その服装なんです？」

苛立つ春明をじっと見返し、祈理が抑えた声で問う。その後、自分の疑念が正当なものであると念押しするため、祈理は改めて自分の装いを見直した。

今日の祈理が身に付けているのは、いつものビジネススーツではなく、薄黄色のサマーセーターとブルーのスカートだ。そう多くもない手持ちの服では比較的華やかなものを選んだつもりだし、仕事中はアップにしている髪も下ろしている。

いくら癪《しゃく》に障る相手とは言え、春明は仮にも職場の先輩だ。そんな相手に街を案内して貰うわけだから、礼儀としてちゃんと気は遣ったのである。元々が地味だからあまり変わりばえはしていないが、メイクも若干頑張ったのだ。なのに。

「せっかくのお休みなのに、スーツにネクタイって……」

何考えてるんですか、という思いを視線に込め、眼鏡越しに春明を見据える祈理。

と、例によってストライプの入ったスーツに赤いシャツ、白ネクタイの春明は、そんなことかと言いたげに目を瞬き、短い銀髪をがりがりと掻いた。

「悪いのか」

「え？　いや、悪くはないですが……」

実際、スーツ姿の春明の見栄えは悪くない、と祈理は思った。精悍《せいかん》で引き締まった長身にはぴったりしたスーツはよく合っているし、派手なシャツも慣れてしまえば意外に自然だ。後はおそろしく不機嫌な表情とガラの悪い言動さえどうにかすれば、もっと好感度は上がるだろう。上がってほしいわけでもないけれど。

「別に悪くはないですが、びっくりしたんですよ」

「何を着ようが俺の勝手だろうが」

これまたいつもと同じ革靴の爪先で玄関先のコンクリートを叩きながら、春明が憮《ぶ》然《ぜん》と言い返す。祈理の装いを一瞥すると、銀髪でスーツの陰陽師は「行くぞ」とだけ告げて歩き出した。はい、と応じて祈理が続く。

普段と違う姿の後輩にノーコメントなのはどうかと思わなくもないが、まあそんなことだろうと予想していたので別段ショックでもない。と言うか、褒められたらむしろ意外で違和感がある。心の中でぼやいていると、先を歩いていた春明がふと思い出したようにぼそりと言った。

「お前こそ、オンとオフを区別しろってんならな、『主任』ってのやめろ」

「え？　でしたら、えーと……うーん……ご、五行さん？」

模索すること数秒の後、祈理がおずおず呼びかける。おかしな呼び方でもないのだが、初めてのさん付けは妙に新鮮で恥ずかしく、つい声が上擦ってしまう。呼ばれた方の春明も同じ違和感を覚えたのか、少しだけ赤い顔でちらりと振り向き、「主任でいい」と告げた。

☆☆☆

「四条河原町《しじようかわらまち》にでかい本屋が何軒かあるから、行くのは大体そのあたりだな。漫画だったら寺町通か新京極《しんきようごく》で、後は京都駅まで足を伸ばすと大概見つかる」

「なるほどなるほど。見つからない時は京都駅周辺と」

「メモを取るほどの話でもないだろう。このくらい覚えろ」

「覚えてますよ？　書くのは癖なのでお気になさらず」

気軽な会話を交わしながら、幅三車線はあろうかという広い砂利道を進む。

二人が今歩いているのは、上京区の一割ほどを占める京都御苑の中である。かつての都の中心、京都御所《ごしよ》を擁《よう》する広大な敷地は、観光地として公園として、そして市内をショートカットできる通路として、市民に開放されている。塀《へい》と監視装置に囲まれた京都御所の白壁の周りにはだだっ広い砂利道が縦横に伸び、道の間には木々が茂ってベンチが並ぶ。地元の住民なのか、ステッキを手に散歩中の身なりのいい着物の老人と目が合ったので、祈理は小さく会釈した。

寮も職場も近いのに、そう言えばこの京都御苑を訪れるのは初めてだ。春明が「ちょっと用がある。寄ってくぞ」と言ったから付いてきただけだが、清浄な開放感に満ちた空間は晴れた空と相まって快適だった。

物珍しげな祈理に対し、春明は特に周囲を眺めることもなくずかずかと先へ進んでいる。立ち止まるなよ、と言いたげな視線を後輩に投げかけると、銀髪の陰陽師は市内本屋談義を続けた。

「俺が回るのはそれくらいだな。古本や稀覯本《きこうぼん》が欲しいならまた事情が変わるが」

「あ、見たいのは新刊ですから大丈夫です。社会評論やノンフィクションを」

「ほー。堅物のお前らしいジャンルだな」

「公務員として市民として、社会の現状を知っておくことは大事ですよ」

からかうように肩をすくめた春明を、祈理の真面目な視線が睨む。手帳を閉じてバッグに入れると、祈理は春明の隣に並んで問いかけた。

「ところで、主任ってどんな本読まれるんです？　小説ですか？　実用書？」

「旅行記とかだな。知らない場所の話が好きだ」

「……へえ」

しれっと答えた春明の隣で、祈理は間抜けな声を漏らした。何だか予想外の答である。じゃあ何を読むと思っていたんだと聞かれても、うまく言えないけれど。

「紀行文はわたしも好きですよ。霧島誠二郎《きりしませいじろう》とか長坂《ながさか》ミチルとか……あとは、かなりマイナーなんですけど、浦澤彷徨《うらさわほうこう》の『国々と人々』シリーズとか」

「何だ。お前、あれ読んでるのか？」

「え。主任もですか？　わたし電子書籍で全部持ってます」

「何だと？」

まさかこんなところで話が合うとは思っておらず、二人は顔を見合わせた。祈理同様に驚いたのだろう、春明は一瞬だけ身を乗り出し「なら――」と口を開いたが、すぐに顔を逸らし、歩みを速めてしまった。

どうやらテンションの上がった自分が恥ずかしくなったらしい。子どもか、と溜息を落とすと、祈理は速足になった春明を追って問いかける。ブツンと会話を切られるのは好きではないのだ。

「待ってくださいよ。どうして旅行記好きなんですか？」

「俺はここから出られないからな」

背中を向けたままの春明が、ぼそりと短く言い放つ。ぶっきらぼうな口調はいつものことだが、その一言はいつもの軽口とは違って重く、祈理はハッと息を呑んだ。

ここというのは京都のことだろうか。公認陰陽師の仕事があるから京都を離れられない、と言いたいのかもだけど、でも、どうして急に深刻に……？

祈理の胸に疑問が湧いたが、春明の背中は何も尋ねるなと言っているようで、それ以上話を続けることができない。その間にも春明は黙ったまますんずん進み、やがて御苑の片隅の大きな木の下で足を止めた。何かを探しているのか、春明は木漏れ日に目を細めながら上を向き、チチチ、と舌を鳴らす。

「……あの、何やってるんですか？」

「ちょっと待ってろ。すぐ済む」

思わず尋ねた祈理にそれだけを言い、春明は再び舌を鳴らす。と、程なくして枝の間から茶色い小鳥が一羽姿を現し、春明の肩へと舞い降りた。

丸々と太った雀《すずめ》である。お互い見知った仲なのか、春明は雀を追おうとはせず、雀の方も全く警戒せずにいからせた肩の上で首を傾げている。チチチ、と鳴きながら春明を見上げる小鳥の姿に、祈理は思わず見入り、そして春明を睨んでいた。

「へえ、可愛《かわい》い――って、まさか主任、餌付《えづ》けしてるんですか？　そういうのは駄目ですよ。いいですか、野生動物の安易な餌付けは生態系を乱し、ひいては環境を」

「何でお前はそうすぐに怒るんだ？　大体、こんな野生動物がいてたまるか」

祈理の説教を断ち切るように、春明が大きな溜息を吐く。きょとんとした祈理に向き直った春明は、右の腕に雀を留まらせ、ほれ、と差し出した。

「触ってみろ」

「え？　い、いいんですか？　じゃあ失敬して――あれ」

嬉しさと興奮を隠しながら指を伸ばした祈理だったが、その声はすぐに裏返った。差し出した祈理の指は、雀の体をすり抜けたのだ。ふかふかした手触りが感じられるはずの場所には何もなく、しかし雀の姿ははっきりと見えている。

「これは一体……？」

「こいつは入内雀《にゅうないすずめ》。一条帝《いちじょうてい》の御代《みよ》、些細《ささい》なトラブルで陸奥《むつ》へ左遷された藤原実方《ふじわらのさねかた》の都を慕う思いから生じた、まあ一種の妖怪だな」

「入内雀……？　つまりその、藤原実方さんの生まれ変わり？」

「だったら話が早いんだがな、違う。実方さんの執着心が生んだ鳥なんだ。御所への執着心の他には、雀レベルの知能しかない。そのせいで、市内でも相当古株なんだが、こいつには話し相手も仲間もほとんどいないんだ。何せ、見た目も行動も完全に雀で、おまけに実体も薄いからな」

「実体が薄いって……はっきり見えてますよ？」

「それはお前が見鬼の資質持ちだからだ。他の奴には茶色い風にしか見えねえよ」

そう言って呆れた後、春明は腕の上をちょこちょこと歩き回る入内雀を見下ろした。どこか寂しげな――ついさっき、「俺はここから出られないから」と言った時とよく似た――目を小さな鳥に向けながら、公認陰陽師が言葉を重ねる。

「こういう希薄なモノは、意識されてないと薄れて消えちまう。せっかく長生きしてるのに、それも酷いだろ」

「なるほど、確かに……。ああ、だから主任、わざわざ御苑に寄ったんですね。ちゃんと覚えてますよー、忘れてませんよーってアピールしてあげたいから」

「言葉のチョイスに問題はあるが……まあ、そんなところだ。それに――」

「それに、何です？」

「鳥は嫌いじゃねえからな。ほれ、行け」

そう言うと春明は腕を差し上げ、軽く振った。入内雀が力強く羽ばたいて舞い上がり、御苑の木々の間に消える。その姿を見送ると、春明は小さくうなずき、祈理を一瞥して歩き始めた。

「時間を取らせたな、行くぞ」

「いえいえ」

小さく首を横に振り、祈理は春明に続いた。

主任、意外と優しいところもあるんですね。寮の鍵のキーホルダーがヒヨコだったのも、やっぱり鳥が好きだからですか？　どうしてお好きなんです？

言いたいことも聞きたいことも色々あったが、妙にしんみりしていた春明の顔を思い出すと気軽に聞くのもはばかられる。というわけで祈理は何も言えず、春明も口を開かない。かくして二人は無言で京都御苑を抜け、信号を渡って正面の道へ入った。

最初は人通りの少ない地味な道だったが、しばらく歩くうちに行き交う人や店の看板が徐々に増え、次第に賑やかになってきた。繁華街が近いようだ。

一車線の細い道路の左右に並ぶ店の業種は、喫茶店にレストランに美容院、服屋にアクセサリーショップなどなど幅広く、しかも個人経営の店がほとんどだ。ショッピングモールとチェーン店しか存在しない地方都市出身の祈理にとって、こういった光景は新鮮で、つい見入ってしまう。というわけで道端の古着屋などなどを眺めながら進んでいると、ふいに春明が立ち止まった。

「――妖気だ」

それだけを短く告げると、春明は周囲を見回し、スーツの内ポケットに手を伸ばした。取り出したのは二十センチ四方ほどの四角い板だ。放射状の枠の中に見慣れない漢字が無数に記され、中心だけを固定した薄い円盤が数枚重ねられている。事務室で春明がたまに回している道具だ、と祈理は気付いた。

「持ち歩いてるんですか？　それ、何です？」

「六壬式盤《りくじんちょくばん》。宇宙を示す円形の天盤と大地を示す四角形の地盤を組み合わせた、陰陽師には欠かせない占具《せんぐ》だ。手回し式のレーダーみたいなもんだな。それより今何時だ？」

「はい？　えーと、午前十時三十一分ですが……主任、一体急にどうしたんです？　妖気ってどういうことですか？」

「異人が近くを通った気配がしたんだよ」

十時三十一分だな、と確認し、春明が手元の円盤を回す。シャッシャッと円盤が回転する音を聞きながら、祈理は小声で問いかけた。

「それでそんなに警戒してるんですか……？　人通りも多い場所ですし、一人くらい異人さんがいたっておかしくないと思うんですけど」

「違う。人の姿で人に混じってる異人なら、あんなあからさまな妖気は出ない」

「人の姿じゃない異人？　でも、そんな人、どこにもいませんでしたよ」

「だから確かめてるんだろうが。俺の気のせいだったらいいんだが——くそ。当たりか。しかもまだ近くにいるな」

　愛用の占具を見つめた春明が忌々しげに舌打ちを漏らす。どうやら異人の存在を証明する結果が出てしまったようだが、そんなアナログで単純な道具で分かるものなんだろうか……？　思わず祈理が不審な目を向けると、その疑念を察した春明はぎろりと祈理を見返した。

「怪しんでるようだがな、式盤は充分に信頼できる道具だぞ」

「そう言われても……。今、何をどう調べて何が分かったんです？」

「一般的な使い方をしたまでだ。今は昼間だから南を向いた上で、占う時刻の干支《かんし》に合わせて天盤と地盤を組み合わせ、解を求める事象に応じた四《し》課《か》と五行と十二月将の配合を公式通りに計算して天盤の位置を調整する」

「え？　いきなりそうべらべら言われても……『かんし』って何ですか？　それと四課と五行と十二月将ってのも初耳ですし」

　慌ててバッグから手帳を取り出す祈理である。ペンを構えて尋ねれば、春明は呆れかえった視線を部下へと向けた。

「干支《かんし》ってのは十二支の原型のもっと細かい区分だ。四課は東西南北の方角で五行は木火土金水の五大元素、十二月将ってのはその二つをさらに細かく分けた下位分類だ。で、これら三種の属性の値の組み合わせを『三伝《さんでん》』と言うところから、この占いの技術を『四課三伝の法』と」

「ちょ、ちょっと待ってください！　説明多いし早すぎです！　えーと、三伝に四課三伝の法――と。公式っていうのは後で聞くとして、十二月将というのは具体的にはどういうものなんです？　十二種類あるんですよね」

「当然だろうが。徴明《ちょうめい》、河魁《かかい》、従魁《じゅかい》――って、お前に説明してたら日が暮れる！　とりあえず今は妖気を追うぞ」

説明に飽きたのか仕事を思い出したのか、春明は六壬式盤を内ポケットに入れた。古着屋と喫茶店の間の路地へ向かいながら、祈理に短く視線を向けて命令する。

「正体だけでも確かめておきたい。付いてこい」

「あ、はい！　了解です」

祈理は手帳をバッグに放り込み、慌てて春明の後を追った。六壬式盤を使った占いについての説明も、それに書店巡りも延期のようだ。残念だけど仕方ない。

「それで主任、その気配ってどこにいるんです？」

「分からん。移動しているらしいな。だが、これなら——よし、こっちだ」

曲がり角や交差点に差し掛かる度に、春明は六壬式盤を取り出して方向を確かめ、また先へ進む。それを繰り返すうちに、やがて二人は繁華街の中心である河原町通を越え、木屋町《きやまち》の飲み屋街へと辿り着いた。

京都を貫く大河、鴨川《かもがわ》の東岸一帯に広がる歓楽街である。鴨川を越えた先の祇園《ぎおん》とは違い、大衆向けの店が立ち並ぶエリアだ。夜には大いに賑わう場所だが、午前中なので活気も人気もなく、目に付くのは「準備中」の札ばかり。そんなガランとした通りのただ中で、春明は再び占具を構え、そして眉間に皺を刻んだ。

「気配が途絶えた……？　ここまでの道のりは合ってたはずだが……」

難しい顔をした春明が、ブツブツと小声を漏らしながら円盤を何度も回す。どうやら見失ってしまったらしい。邪魔をしない方が良さそうだなと祈理は思ったので、そっと春明から離れ、静かな歓楽街をぐるりと眺めた。

このあたりは完全に夜型の町のようで、異人どころか人がそもそも見当たらない。誰かいたら話くらいは聞けるのに。そんなことを思いながら少し歩くと、通りの脇を流れる高瀬川《たかせがわ》の近く、居酒屋の軒先に下がった提灯《ちょうちん》の陰に、和服の女性が一人佇んでいるのが見えた。

女性が祈理に気付き、顔を上げてにこりと笑う。紺色の留袖《とめそで》を纏った、どこか陰のある美人である。見たところ年齢は二十歳前後。藍《あい》色がかった黒髪が顔に掛かって片目を隠していたが、顔立ちが整っていることははっきりと見て取れた。

その佇まいは上品でありつつも色っぽく、料亭の従業員かホステスかな、と祈理は自然に思った。声を掛けたものか迷う祈理に、女性はすうっと歩み寄る。そして女性は、目の前に立つ祈理の顔に向かって無造作に両手を伸ばし、ぺたりと触れた。

「……え？」

細長く冷たい指が頬《ほお》を撫でる感触に、祈理は困惑の声を自然と漏らしていた。まさかいきなり顔をペタペタ撫でまわされるとは思っておらず、言うべき言葉が見つからない。な、何これ？　京都の歓楽街特有の挨拶……？

そんなはずはないとも確信していたが、気味悪くて振り払うこともできない。落ち着け、とりあえず落ち着け。そう自分に言い聞かせる間にも女は祈理の顔を撫で回していたが、ふいに声にならない悲鳴を放った。

「……ッ！」

ごぼごぼと水が詰まったような奇妙な呻《うめ》き声が、祈理の目と鼻の先で響く。同時に、女の整った顔が悲痛に歪み——そして、ずるりと融解した。

髪も目も鼻も口も手も着物も、女の全てが液状化し、道路へ崩れ落ちていく。その非現実的でおぞましい光景に、祈理はついに叫んでいた。

「きゃ……きゃあああああああっ！」

目を逸らせないまま見据える先で、女は——いや、一瞬前まで女の形だった何かは、半透明で液状の塊へと完全に変貌し、ふいに力強く撥ねた。

ばしゃり、と響く大きな音。意思を持った水たまりのような何かが、奇妙な動きで高瀬川へ向かって進む。単に力が強いのか、それとも不思議な能力を持っているのか、女だったモノは路上に放置されていた飲み屋の看板を豪快に破砕しながら直進し、川へと飛び込んで姿を消してしまった。

「な……何、今の……？」

ぽかんと立ちすくんでいた祈理の口から、微かな声が自然と漏れる。それをきっかけに、祈理ははっと我に返り、体が震えていることにようやく気付いた。

妖怪専門のいきいき生活安全課の職員がそんなことでどうする！　自分で自分を叱ってみたが、それでも震えは止まらず、目の前の女が溶解する光景は脳裏でリピートされっぱなしだ。と、そこに後ろから冷静な声が投げかけられた。

「はー、なるほどな。今のが妖気の正体か」

興味深げに言ったのは、六壬式盤を手にした春明である。銀髪の公認陰陽師は、祈理を気遣うでもなくずかずかと川縁に近づくと、屈み込んで川面《かわも》を覗いた。

「あんなに近くにいたなら、そりゃ移動の痕跡が見つからないはずだな。しかし今のは一体誰だ？　あんな顔は見たことねえぞ」

ガタガタ怯える祈理を無視したまま、春明が大きく首を傾げる。春明はそのまま川を眺めていたが、ややあって立ち上がり、思い出したように祈理に向き直った。

「おーい、ド新人。大丈夫か。漏らしてないな？」

「大丈夫ですっ！」

心底どうでも良さそうな問いかけに、祈理はかっと激昂《げっこう》した。怒りつつ呆れつつ、祈理は川縁の春明へ歩み寄る。春明への憤りのせいか、気付けば震えは止まっていた。

「もしかして主任、ずっと見てたんですか？」

「ああ。一部始終な。それがどうかしたのか？」

「どうかしたのかって……どうかしますよ！　公認陰陽師が何やってるんですか！」

「何って、見慣れない異人だったから観察してたんだよ。俺もこの仕事を結構長くやってるが、あれは初めて見た顔だ」

祈理の怒りを受け流した春明が、再び高瀬川に視線を向ける。さらさらと流れる小川は春の日差しを浴びて麗《うら》らかで、溶けた女はもうどこにも見当たらない。上流と下流を一度ずつ確認すると、春明は祈理に向き直って肩をすくめた。

「完全に見失ったな……。仕方ねえ、仕事はここまでだ。本屋行くぞ」

けろりと告げながら、春明がもと来た道を戻り始める。あまりにスピーディーな切り替えに、祈理はぽかんと絶句し、慌てて春明を追った。

「ま、待ってくださいよ主任！　今の、野放しにしちゃっていいんですか？　わたしは駄目だと思います！　せめて素性なり何なり確かめないと——」

「いいも悪いも、追いようがないんだよ。気《け》が凝って自然に生まれた単発の怪異って可能性もあるし、また出たならその時追っかける」

「そんな適当な……！　六壬式盤でしたっけ。それで追えるんでしょう？」

「無理だ。あの異人はどうやら水の気《け》の塊で、俺は水の属性の気配を追ってたわけだ。さっきまでは地中の水道管だか排水溝だか、周りに似た属性の気が少ないところを移動してたから感知できたが、川に入られちまうとどうしようもない。風呂に落とした水滴を探すようなもんだ、諦めろ」

きっぱり言い切る春明である。そういうプロの理屈を持ち出されてしまうと、門外漢の祈理には反論のしようがなかった。できるなら自分一人でも追跡したいところだが、今の祈理にはその術もない。無力さに打ちひしがれる祈理を、春明は肩越しにちらりと振り返り、投げやりに呼びかけた。

「俺は本屋に行くが、お前どうする?」

「……行きますよ。ここでこうしてても仕方ないですし」

「何だ。来るのかよ」

「駄目ですか?」

露骨に呆れる春明を、祈理が睨んで言い返す。春明は何か反論しようとしたが、口をつぐみ、頭をがりがりと掻いて歩き出した。

「言っとくけど、向こうに着いたら別行動だからな」

「分かってますよ」

☆☆☆

「ネットで探してみたところ、それらしい体験談は三件確認できました。いずれも、和服の美人が微笑みながら近づいてきて顔を触り、その後、悲しげに唸って溶けるというものです。これとこれとこれですね」

自分のデスクのパソコンの画面を示すと、祈理は振り向いて「わたしが見たのと全く同じです」と補足した。後ろには枕木と春明が立ち、祈理の説明に黙って耳を傾けている。


週明けの月曜日、いきいき生活安全課の事務室である。

川に消えた女性型の異人については、どうしようもないので放っておく。そう言いくるめられてしまった祈理だったが、帰宅後改めて考えてみると、やはり捨て置くべきではないと思えてきた。というわけで、とりあえずネットで検索してみたら、幾つか体験談が出てきたのである。

「三件の目撃談はどれも先週のものでした。具体的な場所は記されていませんが、このうち二つのアカウントはプロフィールに京都在住とありますから、市内の話と判断して問題ないと思われます」

ブラウザを切り替えながら説明を続ける祈理。机の隅には、仕事の合間に熟読中の異人法がどんと置かれている。付箋《ふせん》だらけのその冊子に春明は肘を突いて黙り込んでいたが、枕木は興味ありげにモニターを眺め、落ち着いた声を発した。

「なるほど、よく分かりました。火乃宮さんの遭遇したのと同じ誰かが市内を徘徊《はいかい》していると考えて良さそうですね。となると、次に探るべきは、件《くだん》の女性の素性と危険性。他人を脅かしたいだけの愉快犯的な異人さんのように思えますが、気が凝って生まれた一過性の自然現象的な方なのか、もしくはそれ以外の存在か……。封じられていた方が復活したパターンの可能性もありますね」

「おい、おっさん？　この新人の味方するのかよ」

「職務として妥当な判断をしているまでです。さて、こういう場合、最も参考になるのが目撃者の意見なのですが――実際に遭遇された火乃宮さんのご感想は？」

「怖かったです」

冷静な枕木の問いに、祈理は座ったまま即答した。思い出すだけで背筋が震え、首筋にうっすら冷や汗が滲《にじ》む。ブラウスの襟が汗で湿るのを感じつつ、祈理は枕木の顔を見上げて言葉を重ねた。

「あんな風にぞくっとしたのは初めてでした。前に出会った穏仁も怖かったですけど、あれは怖いって言うより『危ない』って感じだったんです。それに比べて、あの女性は……どう言えばいいのかな……その、普通の人だと思ったらそうじゃないっていうのは、すごく怖いんだなって分かりました」

頬を冷たい手が撫でまわし、美しく整った顔が悲痛に歪んで悲鳴を発したかと思うと、ドロドロと崩れて溶けていく。忘れたいのに忘れられない光景が、自然と脳裏に蘇った。祈理が「夢に見ました」と言い足せば、黙って聞いていた春明が鼻で笑った。

「大層に言いやがって。要するにビビらされただけだろうが。腰抜けが」

「そんな言い方しなくてもいいじゃないですか！　と言うか主任、どうしてあの時何もしなかったんですか？」

「はあ？　お前、何を今さら」

「後から考えたら疑問に思えてきたから、今さら言ってるんです。観察したとか仰いましたが、納得できませんよ。異人法にも定められていますよね？　『第百八条、異人による市民生活等に係る被害が生じた場合において、該当する異人が明白な危険性を有しており、今後も被害を生じさせるおそれがあり、当該被害の発生の防止、または拡大の防止を行う必要があるときは、公認陰陽師は速やかに相応の対処を行わなければならない。百八条の二、説得等の手段が不可能と判断された場合は、術式をもって封印、または排除を行うものとする』！　なのに主任は――」

「知るか。つうかよく覚えたな、そんなの」

　長々とした引用を交えた祈理の説教を、春明の声が無造作に遮った。祈理の視線を無視した春明は、ずかずかと自分の席へ戻り、椅子にどっかり座って足を組んだ。

「お前は自分がビビらされたからって騒ぎ過ぎなんだよ。人を取って食ってるわけでもなし、そこまで危険視する必要がどこにある？」

「じゃあ主任は、市民を怖がらせるのは許されるって言われるんですか？　単に面倒だから動きたくないだけじゃないんですか？」

「だったら悪いか」

肩をすくめた春明が、背もたれに体重を預けながら言い放つ。そこで開き直るんですか！　祈理は一瞬絶句した後、我慢できずに立ち上がった。

「それでも陰陽課の公認陰陽師ですか？　やっぱり主任には、ここが市内で唯一の妖怪専門の部署という自覚が足りていないと思います。調べて探してどうにかするのが仕事でしょう？　課長の言われたように、人を脅かして喜ぶ化け物が野放しになってるのに……主任、心当たりもないんですか？」

「ありゃあ言ってるよ。可能性の話をするなら、あんなことができる異人は山ほどいる。片っ端からアリバイ潰して回るってのか？」

「それですよ！　可能性のある相手を順に訪ねて——いえ、それだと時間が掛かりますから、この際陰陽課まで出てきて貰って、話を聞けばいいんです。異人法の百六条によれば陰陽課にはその権限がありますよね？　そうすれば、後ろ暗い人は出てこないでしょうから、犯人の絞り込みも簡単に」

「落ち着いてください」

「行え――って、え」

ふいに口を挟んだのは、ずっと黙って聞き入っていた枕木だった。

なぜ自分が注意されたのか理由が分からず、祈理は立ったまますきょとんと目を瞬く。

その驚いた顔に向き直ると、枕木はゆっくり首を左右に振った。

「落ち着きなさい、火乃宮さん。何を言っているか分かっていますか？」

「……え？　いや、ですから、溶ける女の正体と目的を探って止めるために」

「そのために可能性のある異人さん全員に当課への出頭を命じると、あなたはそう言いましたね。それがどういう意味なのか分かっているのですか？」

普段の柔和な口調とは正反対の厳しい声が、事務室内に静かに響く。はっと息を呑んで黙り込む祈理を眼鏡越しにまっすぐ見据えると、ベテラン管理職は落ち着いたまま言葉を重ねた。春明は何も言わないままだ。

「『出てきて貰って』と簡単に言われましたが、事件と無関係の異人さんにとって、それがどれほどストレスでありプレッシャーになるか考えた上での発言ですか？　官憲から呼び出されたら当人や家族はどう思うか、そんなことをする部署へのイメージがどう変動するか、そこまで考えましたか？　私にはそうは思えませんでしたが」

「う。そ、それは……はい」

立ち尽くしたまま、祈理が静かに首肯する。さっきまで昂ぶっていた反動か、その声は消え入りそうにか細かったが、枕木はそれを咎《とが》めるでもなく、淡々と言葉を重ねていく。心なしか、冷徹だった声質はいつもの温和なものへと戻りつつあった。

「確かに我々には、怪しい異人さんを呼び出して取り調べる権限が与えられています。ですが、それはみだりに行使していいものではありません。公権力というものは、使い方を少し誤るだけで市民感情を大いに揺るがす可能性がありますし、我々の目的はあくまで市民の方々の平穏な生活の維持なのです。大事なのは、目的を見失わないこと。分かりますね」

「……はい」

「理解いただけたのなら幸いです。……こんな言い方は酷かもしれませんが、今の火乃宮さんは、自分が怖い目に遭ったせいで、少々過剰になっていたように見受けられます。完全に無私であれとは言いませんが、最低限の客観性を欠くようでは公務員として失格ですよ。これも分かりますね」

「分かり……ます」

自分の声が震えているのを自覚しながら、祈理はしっかりとうなずいた。

何もかも、枕木の言う通りだ。自分の私的な感情で多くの無害な市民に迷惑を掛け、陰陽課と異人との関係を崩しかねなかったという事実が、冷静になった心を責め立てる。立ち尽くしたままぎゅっと拳を握っていると、枕木は小さく肩をすくめ、座ってください、と言い足した。

「責めるようで申し訳ないですが、あと三つ申し上げますね。一つ、五行君は優れた陰陽師ですが、その力は決して無尽蔵ではない。力の使いどころを誤らないのも職務の内です。二つ、その溶ける女性の目的が人を脅かすことというのは、私の推測に過ぎません。仮定を決定事項のように語るのはよろしくない。三つ、相手が何であれ、『化け物』という呼称は正しくありません」

いいですか、と強調するように、枕木が座った祈理を見据える。祈理がおずおず首肯すれば、それを見た枕木は窓へ近づき、街を見回して続けた。

「彼らは等しく『異人さん』です。それぞれ姿や特徴は違えど、意識を有した立派な市民であり、一般の市民の方々同様に、私たちの雇い主であり奉仕対象である方達です。何より彼らは、千二百年前からこの街に住み続ける、我々の大先輩。中には特殊で危険な方もいらっしゃいますし、その場合は実力行使も必要ですが、だからと言って敬意を欠いていいわけではありません。よろしいですか？」

「……はい。すみませんでした」

机を見下ろしてうつむいたまま、祈理は小さな声で応じる。枕木を見てきっぱり答えるべきだとは分かっていたが、顔を上げることができない。「ほれみろ怒られた」と小声でからかう春明の声を聞きながら、祈理は少しだけ目線を上げ、上目遣いで枕木に問いかけた。

「あの……始末書書いた方がいいですか？」

「そこまでは不要ですよ」

おずおず問うた祈理に向かって、枕木が穏やかな言葉を返す。慰めるように穏やかな笑みを浮かべると、ベテランの課長は自分の席へ戻って腰掛け、続けた。

「以後気を付けていただければ充分です。逆に、あまり及び腰になり過ぎるのも、それはそれで問題なのですが……異人の方々は皆さん平穏がお好きですから、こればかりは仕方ありませんね。できる限り大っぴらに騒がない、というのは、千二百年続いてきた伝統ですから」

「そうなんですか……？　難しいんですね」

「難しいですが、歴史の長い組織というのはそういうものです。我々は十二世紀前から続いてきた伝統を担っているわけですから、火乃宮さんもその自覚を忘れないように行動してくださいね」

「は、はい……。分かりました」

覇気《はき》のない声でうなずくと、祈理はずっと開きっぱなしだったブラウザを閉じた。

気の合わない優等生が先生に叱られているのを見るような春明の視線が、前の席から向けられている。いつもだったら何か言い返しているところだが、祈理はつい目を逸らしてしまった。

☆☆☆

そして、その日の仕事を終えての帰り道。通い慣れた道をとぼとぼと寮に向かっていた祈理を、隣を歩いていた春明がふいに横目で見下ろし、言った。

「おい。生きてるか」

「え？　いや、生きてますが……急にどうしたんです」

「普段と比べて活気が全然ないからな。いつの間にか死んだかと思った」

思わず顔を上げた祈理の視線の先で、春明が前を見つめて言い放つ。職員寮へと続く道は街灯が少なく薄暗いが、色素の薄い春明の顔は薄暗がりでもよく見える。言動はともかく見栄えはいい横顔を斜め下から見上げたまま、祈理は一瞬きょとんと目を丸くしたが、春明の言葉の意味を察し、すぐにうつむいた。何だか今日は顔も心も重たい気がする。

「……すみません」

「謝ることじゃねえだろ。あれか？　今朝方、枕木のおっさんに怒られたのがそんなに効いたのか？」

「いえ、そういうわけでは——」

「嘘吐け。そういうわけだろ」

「……はい」

春明の指摘に、祈理はすぐに前言を撤回してうなずいていた。つい虚勢を張りそうになったが、今の自分にはそんな元気もなければ嘘を吐く意味もない。ビジネススーツの下の肩を狭めて溜息を落とすと、祈理は沈んだ声で続けていた。

「課長に言われてから、色々考えてしまって……」

「考えたって何をだよ。おっさんにやり返す方法か？　だったらやめとけ。あれはああ見えてなかなかの食わせもの——」

「わたし、公務員向いてないのかな――って」

からかうような春明の口調とは正反対の、いっそう沈んだ声が静かな裏路地に響く。

祈理の心情を察したのか、単に相手をするのが面倒になったのか、春明は進行方向を見たまま何も言わない。それをいいことに、祈理はぽつりぽつりと語り始めた。

自分の父親は小さな印刷会社の営業マンであること。顧客の都合とご機嫌取りに振り回されて疲弊《ひへい》する父親の姿を見る度《たび》に、どうしてどこかの誰かのためにそこまで自分を切り売りしなければいけないのか、ずっと疑問だったこと。そんなある日、社会科の授業で「全体の奉仕者」という概念を習ったこと。誰かをえこひいきするのではなくて、完全に公平に、みんなのために働ける仕事があるのだと知り、感動を覚えたこと。それ以来、公務員を志すようになったこと……。

「どうせなら、奉仕する人達の顔が分かるところで働きたいと思って、あちこちの市役所を受けたんです。一度、家を出てみたかったというのもあるんですけど」

淡々と言葉を重ねた後、祈理が静かに溜息を落とす。と、黙って聞いていた春明は意外そうに祈理を見た。

「それだけなのか？」

「……え？　ど、どういう意味です？」

「拍子抜けしてるんだよ。ド真面目なお前のことだから、子どもの時に公務員に命を救われたとか、初恋の相手が役人だったとか、そういう分かりやすいきっかけがあるのかと思ってたんだがなあ。そんな平凡で地味な理由とは」

「平凡でも地味でも、わたしはそれで頑張ってきたんです。ですから、京都市に採用された時はすごく嬉しかったんですよ。やったぞ、どうだ、って。……なのに」

「今日はカッとなって公僕としてあるまじき提案をしちまったわけか」

春明が軽い口調で言葉を挟む。こくりと無言でうなずく祈理。

「課長に言われて気づくまで、わたしはどんな滅茶苦茶《めちゃくちゃ》なことを言ってるか、自分で分かってませんでした。それがショックで……。わたしの場合、ここで採用された理由も、見鬼の体質のせいだったわけですよね」

「ああ？　まあ、それは多分な」

「ですよね。だったらやっぱり、わたし、この仕事向いてないように思えて……。主任はどう思われますか……？」

「知るか」

即答だった。たった三文字の短い答を吐き捨てるように告げると、春明は自分を見上げる部下にちらりと横目を向け、寮へ通じる角を曲がった。ほんの少しだけ歩調を速めながら、スーツの公認陰陽師は呆れた声で続けた。

「大体、お前は落ち込み過ぎなんだよ。何かやらかしたわけじゃなし、そこまで凹《へこ》むことでもないだろう。怒鳴られたとか張り倒されたってんなら打ちのめされるのも分かるが、おっさんの言い方も大概マイルドだったろ？　打たれ弱すぎるぞお前」

「それはそうなんですけど……」

マイルドだから効くのだ、と祈理は思った。暴力的な罵詈《ばり》雑言《ぞうごん》だったら行為自体への反感が先に立つが、枕木課長の叱責はあくまで真摯なものだった。

「だからこそ自分の至らなさが、こう浮き彫りになるというかですね」

「面倒な奴だなあ。とりあえず明日からは今まで通りシャンとしろ。陰気な奴と仕事するのは気分が悪いし、お前が生意気じゃないと張り合いもない」

「は、はい――って、何ですかその勝手な理屈。別にわたしは主任と張り合うために生意気なわけではないですよ？　と言うか、公務員としてあるべき姿であろうとしているだけで、生意気なつもりもありません。大体、主任の場合、人の姿勢に口を出すより先に自分の姿勢を見直すべきかと」

「それだ、それ。やればできるじゃねえか」

つい反論してしまった祈理の言葉を、春明がどこか嬉しげに遮る。あ、確かに。いつの間にか調子が戻っていた自分に驚く祈理の隣で、不真面目な上司は話を区切るように肩をすくめ、暗い空を見上げた。それに釣られて祈理も視線を上げる。

この街では、色とりどりの光を放つ看板や視界を遮る高いビルは、景観条例によって厳しく規正されている。全国チェーンのコンビニの看板まで地味な色になっているので、来たばかりの時は戸惑ったりもしたのだが、その規正のおかげで京都の裏道では星空が案外よく見える。遮蔽物《しゃへいぶつ》のない夜空を眺める祈理と肩を並べると、春明はがりがりと頭を掻いた。

「……まあ、あれだ。危ない異人を放っておくな！　ってお前の言い分自体は正しかったと思うぞ。やり口がまずかっただけだ」

「はい。それは……分かってます。……溶ける女の事件、このまま収まりますかね」

「さあな。だが、おっさんが言ってたろ？　ここは、人と異人が千二百年の間、どうにかこうにか折り合いを付けながら生きてきた街なんだ。十二世紀分の伝統と知恵があるんだから、今回も多分何とかなるよ」

おそろしく気楽で楽観的な言葉を春明が告げる。それはあまりに――と祈理が言おうとした時に、二人はちょうど職員寮に着いていた。

長屋のような見慣れた外観を前に、春明は「じゃあな」と肩を揺らし、ヒヨコのキーホルダー付きの鍵を取り出し自室へ向かう。その背中に挨拶を返しつつ、祈理は小さな疑問を感じていた。

何だかんだで千二百年やってきたのだから、十二世紀分の伝統と知恵は確かに有効なものではあるのだろう。そこを否定するつもりは毛頭ないけれど。

でも、千二百年より前には、京都に異人はいなかったのだろうか。いたとしたら、その人達は、どこへ行ってしまったのだろうか……？

☆☆☆

「そこで僕は言うたったんや。真面目腐った顔で街中をうろうろされたら無粋でかなわんわ、少しはあんたらの惣領を見習いなされ、趣味の一つも持ちなされ、とな。そら、今はもう種族の縄張りがどうこう言うような時代でもあらへんし、鬼には鬼の事情があるのも分かるで。せやけどな、何の相談もなく返事もなく、ピリピリした雰囲気で人の家の近所を嗅《か》ぎ回られたら、こっちかて一応狐の代表や、一言二言言うとかんとしめしが付かん」

からりとしたよく通る声が、陰陽課の事務室に響き続ける。声の主は、春明の隣の空いたデスクに陣取った、若旦那風の青年だ。深緑の羽織を袖を通さずに肩に掛けた来客は、隣席の春明に笑顔を向けて「せやろ？」と同意を求めた。

「知るか」

普段の五割増しくらいに不機嫌な声で春明が即答する。銀髪の不真面目な陰陽師は辟易《へきえき》している様子を隠そうともしておらず、気の弱い人なら震えそうな迫力に満ちていたが、来客の青年はただにこにこと笑うばかりだった。

市内異人三大勢力の一つである狐族の惣領、宗旦狐の天全である。半時間ほど前にふらりと事務室を訪ねてきた妖狐は、苛つく春明を楽しそうに眺めた後、しばらく前に出された湯呑を手に取り、一口飲んだ。

「うん、美味しい。熱くもなく温くもなくええお茶やわ。おおきにな祈理ちゃん」

「あ、ありがとうございます」

天全の斜め向かいの席でパソコンに向かったまま、祈理が小さく頭を下げる。どういたしまして、と言い足した後、祈理は改めて「何しに来たんだろう」と思った。

枕木課長が不在の事務室に天全が訪ねてきたのが、今から大体三十分前。近くに来たから寄ったと言ったので、挨拶をして帰るのかと思いきや、空いた席に腰を下ろして延々世間話を続けている。春はやっぱり筍だとか、今年は花見をし損ねたとか、鬼族の代表は話が分かる良い奴だとか、どうでもいい話題ばかりだ。

　この場合、仕事の邪魔ですからお引き取りくださいって言っちゃっていいのだろうか。課長に命じられた異人住所録の更新作業を続けつつ、祈理が小さく首を傾げる。と、さすがにいい加減うんざりしたのか、春明が大きな溜息で天全の語りを遮った。

「いい加減にしろ、この贋作屋。黙って聞いてりゃどうでもいい話をベラベラと。最近鬼どもが妙にピリピリしてるってことくらい、こっちはとっくに知ってるし、その他の話も右に同じだ。で？　要するに何の用なんだ？」

「何の用て、さっき言いましたがな。近くに来たさかい、顔を出させてもろただけ」

「出さなくていいんだよそんな顔は。見たけりゃこっちから行くんだから。お前と違ってこっちは忙しいんだぞ」

「どこがやねんな。祈理ちゃんが言うならともかく、あんたが言うても説得力ゼロでっせ。なあ祈理ちゃん」

「それは確かに」

「何でお前は狐の味方してるんだ。ともかく、益体《やくたい》もない世間話に延々付き合えるほど暇じゃねえって言ってるんだよ。鬼の惣領は話が分かる奴だってことも、言われなくたって知ってる。ああ、鬼の惣領は良い奴だよ。お前と違ってな」

椅子を回して天全に向き直った春明が、挑発するように言い放つ。天全は肩をすくめてそれを受け流し、湯呑を両手で持ったまま苦笑した。

「こら手厳しい。せやけど僕は、彼とか天狗の惣領みたいに、ほいほい街を離れたりせえへんで。いつでもちゃーんと京都の街のどこかにおります。偉うおますやろ」

「ああ、偉い偉い。噂と世間話をだらだら喋《しゃべ》りに来なけりゃもっと偉いよ」

「ダイレクトな物言いやなあ。皮肉っちゅうのは、言われた相手が気付くか気付かんかのギリギリのラインを狙《ねら》うもんやで……？　それはそうと、最近の噂と言うたら『溶ける女』の怪談や。美人が出てきて顔撫でて溶けるっちゅうやつ。陰陽屋さんは知ってはる？」

春明をからかいながら、天全がしれっと話題を変える。その「溶ける女」という言葉を聞くなり、祈理はハッと息を呑んでいた。

知っているどころの話ではない。先の土曜に祈理があれと遭遇してから十日余り、いつの間にか広く「溶ける女」と呼ばれるようになったあの異人は、依然、市内を徘徊し続けており、噂も加速度的に広がっていた。地元の市民の知り合いが少ない祈理でさえ、通勤中や買い物中にあれが話題になっている場面を見ているほどだ。

こうなった以上、さすがに陰陽課として対処に動くべきである。祈理はそう主張しているのだが、春明は「うるせえ」としか言わず、枕木ものらりくらりとかわすばかりで具体的な行動を起こす気配が未だにない。そんなこんなで不満が溜まっていた祈理としては、天全があれに言及してくれたのはありがたかった。だが、祈理が口を挟むより早く、春明が声を発していた。

「知ってるに決まってるだろ。それがどうした」

「いや。どこのどなたで何が目的なのか存じませんが、少々派手にやり過ぎてらっしゃるなあ、と思いましてな」

ドスの効いた春明の声に、天全がにこやかに切り返す。空になった湯呑をそっとデスクに置くと、和装の妖狐はゆっくりと立ち上がった。

「建前としても常識としても、異人――妖怪はおらんことになってる世の中や。大っぴらに脅かして回られたら、僕らひっそり生きてる異人にしたら気が気やない。幸い、と言うたら申し訳ないけど、『溶ける女』さんは、どっかの組に属してる気配もあらへんし、たぶん知性もなさそうやろ？　こら、ぼちぼちお仕置きされてもおかしくないわな――と、そんなようなことをな、先日、天狗の惣領はんと話したような話さんかったような、というお話でございます。では、お後がよろしいようで」

「お帰りですか？」

「銀髪のお兄さんがおっかない顔で睨んできはるさかい、気の弱い僕はぼちぼち限界なんですわ。仕事もありますさかい、ここらで退散させて貰います」

「仕事って、また贋作作りか。それとも鑑定書の偽造か？　そういうのは仕事じゃなくて犯罪っつうんだよ」

「堅いこと言いなさんな。ほなまたね、祈理ちゃん」

にこやかな笑顔を祈理に向けると、天全はそそくさと事務室を後にした。雪駄《せった》のリズミカルな足音が遠ざかっていくのを聞きながら、祈理は首を傾げて立ち上がった。湯呑を片付けないと。

「どうでもいい話だけして帰っちゃいましたねえ……」

「お前にはそう見えたのか」

お盆を片手に湯呑を取ろうとした祈理に、春明が短く問いかける。え、どういう意味です？　きょとんと立ち止まった祈理の見つめる先で、春明は不機嫌そうに溜息を落とし、大きな舌打ちを響かせた。

「あいつは俺らの尻を叩きに来たんだよ。例の『溶ける女』について、これ以上噂が広まらないうちに陰陽課が封印もしくは退治しちまえ。これは市内の異人の総意である――とまあ、そんな命令を持ってきたわけだ」

「め、命令……？　確かに、お仕置きされるかもとか何とか言われてましたが……あれって世間話じゃなかったんですか？　大体、溶ける女の話なんて、最後の最後にちょっと出ただけじゃないですか」

「そういうもんなんだよ。はっきりした形で通達すると証拠が残っちまうし、そうなると、万一その判断が間違いだった時、命じた側に責任が行くだろ。だからああやってふんわりした形でそれとなーく指示を出して、こっちはそれを察して動くわけだ。千二百年越しの奥ゆかしい知恵って奴だよ」

背もたれに体重を掛けながら、春明が言い放つ。さすが歴史のある街の歴史のある役目、素人には理解しがたい伝統が色々あるようだ。そのシステムの非効率性と面倒臭さに一しきり呆れた後、祈理は「でも」と春明に歩み寄った。

「指示が来たってことは、やっと主任が動くわけですよね？」

期待を込めて強く問いかける。直《じか》に見てしまったこともあり、「溶ける女」の件はずっと祈理の懸念《けねん》だった。自分で対応できるならとっくにやっていたけれど、超常の存在相手に実力行使できるのはこの人だけだ。だが春明は祈理から視線を逸らし、忌々しげに頭を掻いた。

「そう言われてもなあ。どうしたもんか」

「どうしたもこうしたも、仕事しましょうよ。普段の主任は怠けすぎなんですから、こういう時に頑張らないでどうするんです？　異人法の百八条ではですね」

「それは前も聞いたよ。だけどな、決まりは決まりで俺は俺だ」

「何ですかその無敵の理屈」

お盆をしっかり抱えたまま、祈理がじろりと春明を睨む。うるせえとか何とか口汚反論が来るかと祈理は身構えたが、春明はデスクの上で腕を組み、やる気のない溜息を落としただけだった。

「脅かしただけで人を取り殺したわけじゃなし、放っときゃいいじゃねえか。大体、簡単に仕置きとか言ってくれるが、神出鬼没で行動原理もよく分からん異人を、どう追い詰めりゃいいんだよ」

「え。それは……出現場所からパターンを割り出すとか、それこそ主任の占いで」

「馬鹿言え。陰陽術は万能の魔法じゃねえんだぞ。無理だ無理」

まあ、目の前に来たら、とっ摑まえてやらんでもないけどな。欠伸《あくび》交じりに言い足す春明に、祈理は心底呆れかえった。だが、祈理が苦言を呈そうとしたその時、事務室のドアが音を立てて開いた。

「どうもどうも。遅くなりました」

おなじみの落ち着いた声とともに現れたのは、市役所本館に呼ばれていた枕木である。会話を中断された二人の部下を眺めた枕木は、自分の席へ戻りながら尋ねた。

「取り込んでいたところですかね。何の話を？」

「おっさんには関係ねえよ」

「あります。『溶ける女』のことですよ。天全さんが来られて、主任に対応を命じられたんです。……わたしはその指示に気付かなかったんですが」

春明をじろりと睨んだ後、祈理は枕木にいきさつを語る。それを聞いた枕木は、「ふむ」と抑えた声でうなずき、仏頂面の春明へと顔を向けた。

「ちょうど良かったですね。実は私も、その件でお伝えすることがあります。例の『溶ける女』さんについては、市民の間でも噂が広まっており、怖がる人も増えている。陰陽課の存在と役目を知っている市役所内外のお歴々からも苦情が届いているから、即刻見つけて封じるなり祓うなりするべきだ。何のための陰陽課だ——と、そんなような指示を上から受けましてね」

「上って、磐蔵局長ですか？」

春明の席の近くに立ったまま、祈理が問いかける。課長席の枕木はそれに無言の首肯で応じると、再度、春明に向き直った。

「ついては、公認陰陽師は可及的速《かきゅうてきすみ》やかに然《しか》るべき行動に移るように、とのことでした。よろしいですね、五行君」

「よろしかねえよ。よろしかねえけど……それはあれか？　職務命令か？」

「はい。何なら書面で命令書を出しますが」

デスクに片肘を突いた春明の質問に、クールな声が即答する。難しい顔のままの部下を見つめ、枕木は淡々とした口調で続けた。

「なお、目標の追跡が技術的に不可能という答は聞き入れられませんので、そのつもりで。君のことですから火乃宮さんあたりをそうやって言いくるめたかもしれませんが、あいにく私は君のスキルを知っています。五行君の占術なら『溶ける女』は確実に発見できるし、先回りも可能。そうですね？」

あくまで冷静な態度でそこまでを告げると、枕木は口をつぐんで答を待つ。そして祈理がおずおずと二人を見比べること約十秒、春明はようやく観念したのか大きく頭を振り、机を叩いて立ち上がった。

「分かったよ畜生」

☆☆☆

京都市の北東を占める左京区の西の端、高野川《たかのがわ》が鴨川に合流する位置に、鴨川デルタと呼ばれる広い三角州《す》がある。ゆったりと流れる二本の川に挟まれた広場は市民の憩いの場となっており、年度替わりの時期などには宴会を開く学生も多い。

四月半ばの晴れた日とあって、この日の鴨川デルタも学生で賑わっていたが、それも日付が変わる頃まで。深夜二時過ぎ、いわゆる丑三《うしみ》つ時ともなれば残っている者はいない。川にまたがる賀茂大橋《かもおおはし》や両岸の土手を行き交う車の音と、後は水の流れる音が響くのみである。

そんな寂しく暗い三角州で、祈理は小さな欠伸を漏らした。「溶ける女」について枕木が春明に対処を命じたのが今日の――正確にはもう昨日だが――午後のこと。あの後、定時まで通常業務をこなした祈理は、一旦家に帰って短い休憩と簡単な食事を済ませ、数時間前にこの場にやってきた。無論、春明の命令である。

雑用兼記録係という役割はまあ妥当だと思うし、「溶ける女」をどうにかするのは祈理の願いでもあったので、いきなりの夜勤に不満はないが、眠いものは仕方ない。

というわけで眼鏡を外して目を擦っていると、やる気のない声が投げかけられた。

「そんな眠いなら帰っていいぞ。俺も帰るから」

「そうはいきません」

素早く眼鏡を掛けて振り返り、祈理は三角州の真ん中あたりに座る春明を見据えた。ずっと立っている祈理に対し、春明は事務室から持ってきた古い木箱に腰掛けていた。スーツこそ着ているものの、口調と態度は露骨にだるそうで、傍らにはコンビニのビニール袋が転がっている。待機中の公務員とは思えない姿に落胆しながら、祈理は春明へと歩み寄った。

「もう二時間近く待ってるんですが、ほんとにこの場所でいいんですか？」

「言ったろ。あの女は水の気の塊で、水の流れに沿って動く」

「それは知ってます。ですけど、京都の街は川だらけですし、それに排水溝や水道はどこにだってありますよね？　どうしてここに来るって言いきれるんです？」

「占ったらそう出たんだよ。無知なお前は有能な俺を信じてりゃいいんだ」

ぶっきらぼうな口調で告げながら、春明はビニール袋から缶ビールを取り出し、封を開けた。プシュッと軽やかに響く音に、祈理は絶句した。

「何してるんですか主任」

「必要だから飲んでるんだよ。アルコールは、邪を祓って術者を強化する、古今東西オールラウンドで用いられるありがたーいアイテムだ。妖怪退治にゃ必須なんだよ」

けろりとした顔で告げながら、ぐびぐびと喉を鳴らす春明である。絶対嘘だと祈理は思った。もしアルコールにそういう力があるんだとしても、五百ミリリットル缶を選ぶ必要はないはずだ。やはりここはしっかり注意し、公務員としての自覚を促すべきだろう。だが、そう考えた祈理が口を開こうとした、その瞬間。

「……きゃっ？」

唐突に、川に向けていた背筋がぞくりと冷えた。思わず小さな悲鳴をあげた祈理が反射的に振り返る。

と、一瞬前まで誰もいなかったはずのその場所に、女性が一人、立っていた。

紺色の着物を身に纏っており、長い髪が片目を隠す。にこりと微笑みながら両手を伸ばしてくる女性の姿を目の当たりにした瞬間、祈理は息を呑んでいた。

「……え。あ――」

「出やがったな。代われドド新人！」

木屋町で遭遇した時の恐怖がフラッシュバックして祈理は硬直しそうになったが、そこに春明が割り込んだ。大きな手が祈理の震える肩を掴み、強引に後方へ下がらせる。その乱暴な振る舞いに、思考停止寸前だった祈理はハッと我に返り、そして後ろへつんのめった。

「ひゃ、ひゃっ！」

「……畜生が。何で出てきちまうんだかな」

どうにかバランスを保った祈理を見事に無視し、春明が女をまっすぐ見据える。きょとんと無邪気に首を傾げる女を前に、銀髪でガラの悪い公認陰陽師は肩をすくめ、飲みかけのビール缶をそっと地面に置いた。

「お前には恨みはないが、こっちも仕事だ。……悪く思うなよ」

短い謝罪に、手を伸ばそうとしていた女の動きがふと止まった。目の前の春明の言動に違和感を覚えたのか、あるいは罠《わな》にはまったことを悟ったのか。女は例のごぼごぼと響く声を発し、踵《きびす》を返そうとしたが、それより先に春明が動いていた。

「――朱雀《すざく》、玄武《げんぶ》、白虎《びゃっこ》、勾陣《こうちん》、南斗《なんと》、北斗《ほくと》、三台《さんたい》、玉女《ぎょくじょ》、青龍《せいりゅう》！」

よく通る声で叫びながら、春明は右手の人差し指と中指を立て、縦に横にと九回振り抜く。と、川に逃げようとしていた女は声にならない悲鳴を放ち、痙攣《けいれん》しながらその場に留まった。凄い、と祈理が思わず叫ぶ。

「何をしたんです？」

「九字の印だ。出入り不可能な方形の結界を作って閉じ込めた。二、三分は保つ」

「さすが公認陰みょ――って、え。に、二、三分？」

その短すぎる時間制限って何ですか。封印か退治するんじゃなかったんですか？

困惑する祈理に背を向けたまま、春明は女に歩み寄った。

「……やっぱり見ない顔だな。どこかから流れてきたのか、それとも最近復活したのか？　お前さんの目的は何だ？　何がしたくて何が欲しい？」

九字の印が消えないよう、立てた指を突き付けたまま、春明が女に問いかける。だが女はそれに応じる様子もなく、歯を剝き出しにして怒りを露わにすると、その全身を融解させた。

怒りに満ちた音がざばりと響いた。力任せに春明の術を破るべく、透明な立方体の中で一塊の液体が荒れ狂う。水槽の中で嵐が吹き荒れるような異様な光景に、祈理はつい後ずさってしまっていた。

「しゅ、主任？　大丈夫なんですか、これ……？」

「いいから黙って――ぐっ！」

ふいに春明がのけぞり、苦しげに短い呻きを漏らした。その口元に血が滲む。女の閉じ込められた透明な結界は確かに出入りは不可能だが、結界への攻撃は春明に跳ね返ってくる。そのことに祈理は気付き、大きく息を吞んでいた。

「何やってるんですか主任！　もしかして思ったより強くて倒せないとか」

「違う馬鹿！　俺を勝手に見くびるな！　ちょっと事情を知りたいだけだ。なああんた、一体全体どういう——がっ！」

「ああっ！　また！　何考えてるんです？　言葉が通じないのは最初から分かってたじゃないですか！　退治するのが可哀相《かわいそう》なら封印すればいいでしょう！」

「うるせえぞ。封印とか退治とか、簡単に言いやがって……！」

祈理の悲痛な声を受け、春明が忌々しげに言い放つ。その迫力に祈理が押し黙るのと同時に、春明はギリッと歯を食いしばり、結界内で暴れ回る女を見据えた。そして
「恨《うら》まんでくれよ」と一言漏らし、右手を構え直した——その時。

「待った！」

若々しく澄んだ声が、深夜の鴨川デルタに凛《りん》と響いた。

唐突に割り込んできた命令に、春明が、祈理が、そして荒れていた女までもが動きを止め、声の方向へ——賀茂大橋へ向き直る。

と、大橋の上に一人、春明達を見据える小柄な人影が立っていた。誰、と祈理が問うより早く、人影は欄干に足を掛け、力強く橋を蹴った。

祈理が思わず息を呑む。橋からこの三角州までは四十メートルはあるのだ。だが謎の乱入者は軽々と宙を飛び、祈理や春明の前に華麗に着地すると、立ち上がって会釈した。

「どうもこんばんは、陰陽課の皆さん。お仕事お疲れ様です」

「え？　あっ、こんばんは。お世話になっております……？」

丁寧な挨拶につい応じた後、祈理は目の前の人物を改めて見据えた。

身長約百六十センチ。高校一、二年生くらいの、ブレザー姿の少年である。短い黒髪を綺麗に切り揃え、ひょろりとした痩せ型で色白。育ちの良さそうな優等生タイプの男子だったが、どこか不敵な雰囲気を漂わせてもいる。この子、どこかで見た顔だけど、誰だっけ……？　一瞬だけ困惑した直後、祈理はハッと思い出した。

「あっ、鬼の――！」

初日の挨拶回りの時に、最初にお邪魔したお家に――つまり、鬼族の顔役であるご老人の家にいた孫の男の子だ。「祖父のところに孫が顔を出すのは当然でしょう」とか言ってた、あの鬼族の少年である。

「でも、君がどうして……？」

「話は後にさせてくださいね、お姉さん」

混乱する祈理をさておき、少年はずかずかと春明に——いや、結界に封じられたままの女に歩み寄った。春明は既に事情を察したのか、ポケットに手を突っ込んで何も言わない。少年はそんな仏頂面の陰陽師に笑みを向けると、男子にしては長くて尖った爪で、無造作に結界を引っ掻いた。

瞬間、ぴっ、と電子音に似た音が響き、春明の張った結界はあっけなく崩壊した。

「心配かけたね。ごめん」

解放された女に少年が優しい声を掛ける。と、女は人の姿に戻って歓喜の表情を浮かべたかと思うと、再び液状になって少年に飛びついた。

喜びの声なのだろう、水が湧き立つような声を漏らしながら、半透明の液体が少年の体を撫で回し、じゃれつく。液体が嬉しそうにじゃれる光景を、祈理は生まれて初めて見た。表情どころか顔のない液体でも、喜んでるって分かるものなんだな。

「良かったですね——って、いやいやいや、良くないですよ！ つい見入っちゃいましたけど、どういうことなんです、これ？ 主任は何か知って」

「あー……、なるほどな」

ようやく我に返った祈理の問いかけに、春明の溜息が割り込む。口の中に溜まっていた血を地面に吐き捨てると、春明は肩をいからせて少年を見下ろした。

「とりあえずこれで解決って思っていいんだな、賽《さい》？」

「まあね。こらこら、あんまりはしゃぐなよ」

軽い口調で応じつつ、じゃれつく液状の女をなだめる少年である。丸く収まった雰囲気ではあるが、祈理にはさっぱり分からないままだ。何をどう問うべきか悩んでいると、少年が明るい笑みを祈理に向けた。

「何が何だかって顔ですね、お姉さん。俺のことは覚えてます？」

「あっ、はい、それは……。鬼族の惣領、角隠のご老人のお孫さんですよね」

「という設定になってるだけの赤の他人なんだがな。あと、鬼の惣領はこいつの方だ。爺じゃないぞ」

「へえ、そうだったんで――え」

しれっと口を挟んだ春明に相槌を打った直後、祈理はぽかんと目を見開いた。

そりゃまあ妖怪なのだから、外見と実年齢や役割が食い違うことはあるだろう。高校生にしか見えない少年が大物でも不思議ではない。でも、だったら――。

「じゃ、じゃあ、あのお爺さんは何だったんです……？」

「あれはナンバーツーで、外向きの対応はあの爺がやってるんだよ。俺は『顔役』とは言ったが、『惣領』とは言わなかったろ」

「そっか。あの時は俺が帰るタイミングでしたから、そこまで説明してませんでしたね。改めましてこんばんは。当代の朱雀門の大鬼こと、鬼備津《きびつ》賽です。一応高校二年生です。表向きは」

賽と名乗った少年が、けろりと微笑みながら一礼する。祈理は慌てて礼と挨拶を返すと、賽に向き直っておずおずと尋ねた。

「差し支えなければ教えていただけますか？　どうして高校生の姿なんです……？」

「俺、鬼の中では変わり者で、強さとか豪胆さとか、そういうのが苦手なんですよ。力比べとか武勇伝よりゲームの方が好きですし。あ、ゲームって言ってもデジタルじゃないですよ？　カードやダイスを使うアナログな奴。その手のイベントに行くには未成年の方が何かと便利で、この間も新作を」

「そこまでだ。趣味の話は今じゃなくていいだろう。お前は悪い奴じゃないんだが、所構わずゲームの話するのだけがアレなんだよな」

「そう言われても、こればっかりはね。先代譲りの趣味だから」

「ちょっとすみません。その『先代譲り』ってどういう意味ですか？」

「朱雀門の鬼は知的なボードゲーマーで、双六《すごろく》で人間と勝負したことで有名なんだよ。『長谷雄草紙《はせおぞうし》』って絵巻にその話が残ってる。それくらいは知っとけ、ド新人」

祈理の疑問にあっさり答えた春明が、「それよりも」と賽に向き直る。ポケットに手を突っ込んだ銀髪の陰陽師は、少年の足下で水たまり状になってぶくぶく言っている女をじろりと見下ろした。

「俺が聞きたいのはそのドロドロのことだ。結局そいつは何なんだ？　お前の彼女ってことでいいのか？」

「彼女ってのは否定しないけど、ドロドロ呼ばわりは酷いよ。彼女は水の精。それも、最近ではまず見かけない純粋種のね。僕の先祖が双六で負けた相手に紹介したとも言われる、由緒正しい京都の異人の生き残りだよ。ほら、今昔物語《こんじやくものがたり》にもお仲間が出てきますよね？　人の顔を撫でた後、水に溶けて消える怪しい老人が出たから、摑まえて縛っておいたら水になって逃げちゃった、という」

「え？　そ、そうなんですか？　わたし、伝説や文学は詳しくなくて……」

「お前なあ、規則や法律なんぞよりそのあたりを知っとけよ。よその部署ならともかく、陰陽課の場合は基礎知識だぞ」

「すっ、すみません……！」

悔しいが春明の言う通りだ。ちゃんと勉強しておこう！　自分で自分に言い聞かせながら縮こまる祈理を、春明は呆れた顔で一瞥し、置きっぱなしだった缶ビールを拾い上げた。とっくに炭酸の抜けきったそれを一口あおり、「溶ける女」こと水の精をじろじろと眺める。

「確かに、言われてみりゃあ水の精だな……。見るのが久々すぎて忘れてたよ。いつからの付き合いだ？」

「半年前。無機物系の古いタイプの異人が記憶も何も持たずに復活することって、たまにあるだろ？　彼女も多分それだと思うんだよね。鴨川縁《べり》でおろおろしてるのを見かけたもんでさ、放っておくのも可哀想で連れて帰ったら懐かれちゃって。で、そうなると悪い気もしないでしょ。彼女、美人だし」

「確かに、綺麗な方ですよね。それで、その……ご自慢の彼女の水の精さんは、どうして街中を徘徊して、人の顔を撫で回して脅かしたりしたんです？」

愛用の手帳を取り出しながら、祈理はおずおず問いかけた。他人の恋愛事情に踏み込むのは申し訳ない気もするが、顚末《てんまつ》が分からないことにはすっきりしないし報告書だって書けやしない。手帳とペンを開いて首を傾げれば、賽は決まり悪げに苦笑し、足下にじゃれつく恋人を見下ろした。

「見ての通り、彼女は液体型の異人です。さっき言った今昔物語の老人もそうですが、目が見えないから触覚で相手を見分けるんですよ。それに、彼女、ちょっと心配性なところもあって……俺がしばらく家を空けてたから、寂しくなって探しに出ちゃったんだと思います」

「ああ、だから出会った相手の顔をペタペタ触っては悲しんでたわけか……。しかし賽、お前に女がいるってのは初耳だったぞ。隠してやがったな」

「大っぴらにすると面倒なんだよ。鬼の血を守るためには、付き合うのも結ばれるのも同族同士でなければなりません！　とかなんとか、年寄り連中がうるさいし。大きなお世話だよねー、まったく」

恋人から溜息交じりの苦笑いを向けられ、水の精は和服の女性の姿を取った。横に並ぶと、賽より背が高い。大人びて整った顔で少年を見下ろした水の精は、ほんとにそうよね、と言いたげな無言の微笑を浮かべ、それを見た賽がくすくす笑う。

幸せそうな二人の様子に、祈理は記録を取るのを忘れて見入っていた。自分の頰がかあっと薄赤く、そして顔がほころんでいくのが分かった。

「いいですね、こういうの」

「ほー。お前がそれを言うのか」

「え。どういう意味です？」

「深い意味はねえよ。あれだけ退治しろ封印しろと俺を急かしておいて、よく言えたもんだと思っただけだ」

気の抜けた缶ビールをチャプチャプと振りながら、春明が冷めた声でぼそりと告げる。それを聞くなり、祈理はうっと口ごもった。

「そ、それは……」

「なるほどね。じゃ、陰陽屋さんが庇ってくれたわけだ。陰陽屋さんは、ほんと、昔から優しいよね。いつもありがとう」

言いよどむ祈理に代わるように、賽が春明に感謝を述べる。人目をはばからず恋人といちゃつく少年の言葉に、春明はただうっとうしそうに首を振り、祈理はきょとんと目を丸くした。

優しいって、主任がですか？　この人怠けてただけじゃないですか。

祈理は思わずそう反論しようとしたが、その瞬間、「あ」と間抜けな声を漏らしていた。もしかして、という声が、心の中で大きく響く。

春明が「溶ける女」を放置していたのは、単に面倒臭いからだと祈理はずっと思っていた。だが、実はそうではなくて、もしかして春明は、恋人を探し回っていただけの水の精を手に掛けたくなかったから、あえて怠けていたのではないだろうか。水の精の具体的な目的までは分からなくとも、彼女なりの事情があることを察知したから、けしかけられるまで動かなかったのでは……？

そう言えばこの人は、穏仁を退治した時も「すまねえな」と小さな声で詫びていた。あれだって、春明が実力行使を嫌う人だと考えれば筋は通る。

「彼らは等しく『異人さん』です」。そう語った枕木課長の声が、祈理の脳裏に甦《よみがえ》る。あの時聞かされた言葉の意味を、ようやく祈理は理解した。

祈理は水の精のことを、危険で対話不能な、災害か害獣のような存在として認識していた。だからこそ早急な退治か封印を求めてしまったのだが、春明にとっては、水の精も奉仕すべき市民の一人だったのだろう。捉え方が百八十度違うのだから――自分が間違っていたのだから――方針が対立したのも当然だ。

「そっか……。この街の――陰陽課の場合、『市民』の範囲って広いんですね」

「はあ？　今さら何を言ってやがる。初日に説明したろうが」

「そ、それはそうなんですが、今、ようやく腑《ふ》に落ちたので……」

「はあ？　全体の奉仕者に憧れただの、市民への奉仕だのと偉そうに言ってたくせに、理解してなかったってのか？　お前、それでよく俺を怒れたな」

「……すみません」

手帳を握ったまましゅんと頭を下げる祈理。春明は言い過ぎたと思ったのか、「まあ」とかなんとかフォローしかけたが、結局何も言わずに賽へと顔を向けた。

「それはそうと賽。もう一つ教えてほしいことがあるんだがな」

「気まずくなった部下との関係修復法？」

「誰がそんなこと聞くか。大事な同棲《どうせい》相手が不安がって探し回ってる間、お前は一体どこに行ってた？　ゲームのイベントだか何だかで街を離れることが多いのは知ってるが、今回はそういう事情でもないだろう」

「……相変わらず変なところが鋭いね。根拠は？」

「ここんとこ市内の鬼どもが妙にピリピリしてやがったからな。今思えば、あれは街から姿を消した頭目を──つまりお前を探してたんだろ。で、鬼族の連中ならお前の趣味のことはよーく知ってるはずだから、単なる遠出で慌てるはずがない」

そこまでをリズミカルな口調で語ると、春明は「さあどうだ」と言いたげに賽を見下ろした。じろりと見据えられた少年は、再び液状になった恋人を愛おしげに撫でると、素早く周囲を窺《うかが》い、ぼそりと抑えた声を発した。

「実はね。襲われたんだよ、俺」

「え。襲われたって──」

「黙ってろド新人。いつの話だ？」

「二週間前さ。三条《さんじょう》の行きつけのゲーム店を出たところを、後ろからいきなりやられた。ごっそり妖気を吸われたらしくて、目が覚めたのはついさっきで、気が付いたらすぐそこの糺《ただす》の森に転がってた。近くに彼女の気配を感知できたから、まっすぐここに向かって――その後は知っての通りだよ。先に言っておくと、やった相手は分からないので悪しからず。怒らないでね」

「怒らねえが驚きはするぞ。お前、見た目の割に手練《てだ》れだろ。それを不意打ちで昏倒《こんとう》させるなんて、千年越しクラスの大物じゃねえと無理なはずだぞ……？」

深刻な顔の春明が息を呑み、賽は無言で苦笑する。予想外の情報に祈理は慌ててペンを構えたが、そこに賽が忠告を投げかけた。

「ああ、お姉さん？　自分用の覚え書きを残すのはいいけど、このことは内密にしてくださいね。仮にも惣領が不意打ち食らってやられるなんて、鬼の仲間が知ったら大変です。メンツに掛けて自力で犯人を探して罰そうとするに違いありませんが、それは異人同士の協定に反する行いだ。それに、狐や天狗や他の異人に知られたら、鬼族全体が嘲られることになりますし、連中の中に犯人がいたら――まあ、いるに決まってるんですけど――証拠を隠滅されてしまいます」

「え？　ですけど、ちゃんと報告しないと――」

「余計なこと考えるな。そこは『分かった、一つ貸しだな』でいいんだよ」

きょとんと反論した祈理を、春明がすかさず黙らせる。祈理の手帳を無理矢理閉じた春明は、面倒臭そうに頭を掻き、再び賽に向き直った。

「誰の仕業《しわざ》か、心当たりは本当にねえんだな？」

「俺や俺らを煙たがってる奴は山ほどいるけどね……。でも、そこを調べて見付けて裁くのが、君達陰陽課の仕事だろ？　というわけで後は任せたよ。何しろ俺らには、解決どころか行動を起こす権限がない」

脅すような春明の問いに、賽がしれっと切り返して微笑を浮かべる。その態度はあくまで上品だったが、静かな迫力に満ちており、祈理はびくっと小さく震えた。

――お前らが解決できなかったら、こっちも動くぞ。異人の協定や均衡《きんこう》状態を滅茶苦茶にしたくなかったら、しっかりやれよ。

賽の笑みの裏側からそんな声が聞こえたような気がして、祈理は思わず息を呑む。だが、その隣に立つ春明は堂々とした姿勢のまま首をしっかり縦に振った。

「任せろ。そのための陰陽課だ」

祈理にとってはすっかり聞き慣れた声が、深夜の鴨川デルタに響く。その態度は例によって死ぬほど偉そうで、市民に対してそれはどうなんですかと祈理は思わなくもなかったが――だが、しかし。
きっぱりと胸を張る春明が妙に頼もしく見えたのも、また確かなのだった。

☆☆☆

「報告書綴《つづり》、報告書綴……」

もやもやしたものを感じながら、祈理は事務室の壁の本棚に向き合っていた。壁を占領した本棚には陰陽課のファイルが一面にずらりと並んでいる。この中から目当てのファイルを探すのはなかなか骨が折れそうだ、と祈理は思った。

手にしているのは「溶ける女」事件の顚末を記した報告書である。鬼の代表が襲われたこと、水の精がその恋人であることなどは書くなと釘《くぎ》を刺されてしまったので、「水状の異人が暴れていたので封印した」という単純な内容になっている。

枕木の去年までの報告書のデータをしっかり参考にしたので、書面としての問題はない。定型の書式の上部に設けられた「合議」の枠には、磐蔵局長の確認印もしっかり捺《お》されていたが、嘘を書いてしまったことはやはり心に引っ掛かっていた。

時刻は午後の七時前。溜まった書類のファイリングに勤《いそ》しんでいた祈理を置いて枕木も春明も定時で帰ってしまったので、残っているのは一人だけだ。と、目当てのファイルがようやく見つかった。

「あー。一番上か」

疲れた声が自然と漏れる。「報告書綴」と背に記されたファイルが年代順にずらりと並ぶ最上段は、祈理の視線よりはるかに高かった。仕方なく踏み台を持ってきて上に乗り、今年度のファイルを引っ張り出して報告書を綴じる。これでよし。そして踏み台から下りようとした時、せっかくなので古い報告書を見てみようかな、と祈理はふと思った。

この棚に収められている最古のものは昭和四十年代の記録だった。見慣れたA4より一回り小さいB5サイズで、中身はもちろん全て手書きだ。物珍しさにパラパラとめくっていると、とあるページに貼付《ちょうふ》された封筒が目に映った。

紐で口を閉じるタイプの封筒で、口の部分には「部外秘」と朱印が捺されている。物々しい朱色のインクに祈理は少し迷ったが、封筒の口を開けていた。部外者ならともかく、自分はいきいき生活安全課の課員なのだから、見ても問題はないはずだ。

「名簿？　何でこんなものを部外秘に……？」

中に入っていたのは、当時の職員名簿だった。人事課の資料か何かのコピーなのだろう、当時の職員の肩から上の写真が、氏名や職名とともに並んでいる。今は三人しかいない課だが、当時は六人ほどいたようだ。五十年前の資料なので、当然ながら見知った名前は載っていない。

「課長もまだいませんよね――って。……え」

職員写真の三人目、「主査・公認陰陽師・星御門鏡石」と記された青年の写真。それを見た瞬間、祈理はぎょっと両目を見開いていた。

「嘘。これ……主任……？」

誰に聞かせるでもない問いを事務室に響かせながら、祈理は当時の公認陰陽師の写真を凝視した。陰陽師としての正装なのだろう、平安貴族風の装束を纏った青年の顔立ちには見覚えがある。どう見たって春明だ。いや、名前も時代も違うから当人のはずはないのだが――それにしたってよく似ている。

主任のお父さんだろうか。代々公認陰陽師やってる家系というのはありそうな気がするし。でも、だったら苗字が違うのはなぜ？　普通そういう家系って、家名を継ぐもんじゃないんですか……？

困惑と謎が祈理の心中にどんどん湧き出し、止まらない。知らず知らずのうちに、祈理は「どういうことです？」と声に出していたが、答える者は誰もいなかった。

四話　公認陰陽師、呪詛を除きしこと

晴明《せいめい》しばし占《うらな》ひて申《もう》しけるは、「これは君《きみ》を呪詛《しゅそ》し奉《たてまつ》りて候《さぶら》ふ物《もの》を道《みち》に埋《うづ》みて候《さぶら》ふ。御《お》越《こ》しあらましかば、悪《あ》しく候《さぶら》ふべき。犬《いぬ》は通力《つうりき》のものにて告《つ》げ申《もう》して候《さぶら》ふなり」と申《もう》せば、「さてそれはいづくにか埋《うづ》みたる。あらはせ」とのたまへば、「やすく候《さぶら》ふ」と申《もう》して、しばし占《うらな》ひて、「ここにて候《さぶら》ふ」と申《もう》す所《ところ》を掘《ほ》らせて見給《みたま》ふに、土五尺《つちごしゃく》ばかり掘《ほ》りたりければ、案《あん》のごとく物《もの》ありけり。土器《かはらけ》を二《ふた》つうち合《あは》せて、黄《き》なる紙捻《かみより》にて十文字《じゅうもんじ》にからげたり。開《ひら》いてみれば、中《なか》には物《もの》もなし。朱砂《しゅしゃ》にて、一文字《いちもじ》を土器《かはらけ》の底《そこ》に書《か》きたるばかりなり。

(『宇治拾遺物語　巻第十四　御堂関白《みどうかんぱく》の御犬《おいぬ》、晴明《せいめい》等、奇特《きどく》の事』より)

「そんなわけで、最近は府立図書館に通って勉強してるんですよ」

昼休み中の陰陽課である。例によって昼食抜きの春明に、祈理は食後のお茶を飲みながら報告していた。机の隅には異人法がどんと置かれ、コピーしたいページを示す付箋が無数に飛び出している。この課の活動の根拠となる大事な規則にもかかわらず祈理以外は誰も参照しないため、最近は祈理の私物のような扱いだ。

枕木課長は今日は不在だ。午前中は上御霊町《かみごりょうまち》で御霊委員会に出席し、磐蔵局長に呼ばれているので本館にも寄ると言っていたから、帰ってくるのはお昼過ぎだろう。昼休みがまだしばらくあることを確認しつつ、祈理は「京都の伝承や陰陽道の本を借りては読んでるんです」という説明を続けた。

無論、図書館に通い始めたきっかけは、先日の水の精を巡る一連の事件である。

――お前なあ、規則や法律なんぞよりそのあたりを知っとけよ。よその部署ならともかく、陰陽課の場合は基礎知識だぞ。

あの一幕の終盤、春明が放った声が克明に祈理の脳裏に蘇る。悔しいが、それは確かにその通りだった。知識不足を痛感した祈理は、陰陽課の担当分野について学ぶことを決意したのだ。

「調べてみて驚いたんですが、陰陽術って別に秘密の技術ではないんですね。門外不出だと思ってました」

「当たり前だろうが。オカルトと一緒にするんじゃねえ」

椅子にもたれる春明が呆れた声を返した。いつも通りのスタイルの銀髪の公認陰陽師は、頭の後ろで腕を組んだ姿勢のまま、目つきの悪い顔を祈理に向ける。

「何度も言ったがな、陰陽術は万物の相互作用を解読して利用する技術体系だ。いかがわしい魔法や超能力とは違うんだよ」

じろりと祈理を睨む春明。そうなんですね、と相槌を打ちつつその顔を見返していると、しばらく前に事務室で見た写真がふと思い起こされた。

部外秘と朱書きされた封筒に収められていた、先代公認陰陽師、星御門鏡石の写真である。彼がどうして春明と同じ風貌なのか、あの写真はなぜ部外秘扱いなのかは、祈理にとって依然謎だった。

春明や枕木課長に聞けば理由を教えてくれるのかも知れないが、見てはいけないものを見てしまった気がして、口に出せないままだ。案外簡単に教えてくれるような気もするけれど……などと思いながらも、祈理は話を続ける。

「じゃあ、わたしだって勉強したら、主任みたいに占いで色々当てたり、バリヤー張ったりできるってことですか？」

「センスと資質が必要だから、頭の固いお前じゃどうせ無理だ。と言うか、読んだ読んだと自慢するのはいいが、本当に身に付いてんのか？」

体を起こした春明が、デスクに片肘を突いて祈理を見据える。嘲るような物言いに祈理は思わず眉をひそめた。マイ湯呑を静かに置き、「そのつもりですが」と切り返せば、春明は腕を組んで口を開いた。

「じゃあ試してやる。二条《にじょう》公園の神社で祀られてる異人は何だった？」

「え？　いきなり？　えーと、二条ですから……鵺《ぬえ》ですよね。鵺。猿や虎が混じったような姿の妖怪」

「なら、八瀬《やせ》の鬼洞《おにがほら》で供養された鬼の名は」

「酒呑童子《しゅてんどうじ》……じゃなくて、鬼同丸《きどうまる》。もとは延暦寺《えんりゃくじ》に仕えていて、平安京にやってきた強い鬼。どうです？」

「二問だけで偉ぶるな。寛弘《かんこう》元年に安倍晴明が執《と》り行った雨乞いの儀式と言えば」

「年代までは覚えてませんけど……雨乞いってことは、五龍祭《ごりゅうさい》？　東西南北と中央の五柱《いつはしら》の龍神に雨を降らせて貰うんですよね、確か」

「余計なことまで答えるな。平安朝に順応せず、陰陽師や武士に滅ぼされて北野《きたの》天満《てんまん》宮《ぐう》の近くに祀られた妖怪は何だ」

「えーと、土蜘蛛《つちぐも》です。あと、『妖怪』じゃなくて『異人』ですよ」

「うるせえぞ。次、安倍晴明の使役した低級な神――式神を総称して何と呼ぶ？」

「十二《じゅうに》神将《しんしょう》です。そう言えば主任って陰陽師なのに式神使わないんですね。どうしてです？　使うの難しいんですか？」

「まあ、勧請するのは結構な手間だな。呼んじまえば後は式神の同意を得て手を叩いて名前を呼べば契約成立だから、使役自体は簡単だが、俺にそんなもん使えるわけが――って、おい、今質問しているのは俺だろうが。その十二神将は」

「普段は一条戻橋の下に住まわせていて使う時だけ呼んだ」

「そんなことは聞いてねえ。晴明の使った十二神将のうち、西天の守護神で五行の金属性、吉凶の凶を司る神は何だ」

「え？　それは――」

テンポよく答えていた祈理の声が途切れた。安倍晴明は十二神将と呼ばれる十二体の式神を使役した。そのことは何冊もの本に載っていたし覚えているが、メンバー構成までは頭に入っていない。祈理が答えられずに口ごもっていると、春明は大きな溜息で失望を示し、不機嫌な顔でぼそりと言った。

「白獣《はくじゆう》だ馬鹿。覚えとけ」

「……は、はい」

無念さと悔しさが入り混じった声が事務室に響く。自分の知識が足りないのは事実だから怒るわけにもいかない。とりあえず次に聞かれた時には答えられるようにしておこう。というわけで祈理は唇を嚙みしめながら手帳を取り出した。

「主任、はくじゅうってどんな字です？」

「あん？　白い獣だよ」

「なるほど。ありがとうございます。西の守護神で属性は金で凶――と」

ルーズリーフ形式の手帳の後の方、覚書やメモ用に使っているページに聞いたばかりの話を書き付ける。事あるごとにメモを取る部下の姿にも見慣れたのか、春明は祈理を呆れるように見ていたが、ややあって肩をすくめてみせた。

「しかしまあ、気楽な奴だな」

「どういう意味です？」

「このご時世のこの状況で、よくも吞気にお勉強できるなって言ってるんだよ。最近の市内の様子を知らねえのか？」

「知らないわけないでしょう」

手帳をパタンと閉じる音に、祈理の反論が重なる。祈理は春明を眼鏡越しにまっすぐ見据え、「だからこそ、少しでも役に立ちたくて勉強してるんです」と言い足した。

市内の状況が変わってしまったきっかけは、これまた先日の水の精の徘徊事件だった。あの事件の中で、鬼族の惣領である賽が何者かに襲われてしばらく昏倒していたという事実が、陰陽課は隠していたにもかかわらず、いつの間にか異人の間に広まっていたのだ。驚いた祈理に春明は「そういうものなんだよ。俺らが情報源じゃなけりゃそれでいいんだ」と言い放ち、祈理は困惑したのだが、問題はそこではない。

賽が危惧《きぐ》していたように、「これは鬼以外の種族の仕業に決まっているから、犯人を捜し出して我々の手で報いを受けさせるべし」という声が鬼族の間で広がり始めているのだ。今は賽が制しているが、いつまで持つやら、という話だった。

これだけでも厄介なのに、狐や天狗達も鬼を怪しみ始めているからややこしい。こちらの原因は就職初日に祈理を襲い、春明に退治された穏仁である。鬼族の古い先祖にあたる、衝動だけで動く半透明の危険な怪物。あれは誰かが封印を解かない限り出てくることはないはずで、じゃあ誰が何のためにやったんだ、同族が勢力拡大の武器に使おうとしたに決まってる、そもそも鬼の連中は気に食わねえんだ――という流れになりつつあるのであった。少なくとも天全は祈理にそう言って溜息を吐いた。

元々種族間の仲は良くないのだから、理由があれば簡単に剣呑《けんのん》な雰囲気になってしまうらしい。実際、最近の異人達は、街に来て間もない祈理でも分かるくらいにピリピリしていた。千二百年間平穏を保ってきたという自負と、唯一の調査機関と定められた陰陽課の存在があるからまだ誰も事を起こしていないが、一触即発状態がこれ以上続くと時間の問題だ……という話も聞いていた。

無論、陰陽課とて手をこまねいていたわけでもない。ないのだが、賽の襲撃も穏仁の解放も、いくら調べても占っても手掛かりが見つからないのだ。

──我々が異人さんに叱られて、それで丸く収まるならいいんですがねえ。

御霊委員会に出向く前、課長がこぼしていた言葉を祈理はふと思い出す。いつも平静で落ち着いた態度の枕木だが、あの時は少し参っているように見えたっけ。

「課長、大丈夫ですかね？」

「何だ？　急にどうした」

「この状況で異人の偉い人の集まる委員会に出るって、怒られに行くようなものでしょう？　皆さんをなだめるとか言ってましたけど、できるのかなって」

「寄合に出てくるような連中は事なかれ主義者揃いだからな。それに、枕木のおっさんは調整のプロだぞ。言質《げんち》を取らせないまま、うまいこと自分で責任を引っかぶって何となく場を収めちまうのが、あのおっさんのやり方だ。ド新人のお前なんぞが心配できる相手じゃねえんだよ」

デスクに足を乗せて腕を組み、春明が自慢げに言い放つ。態度と口調は例によって論外だが、春明が素直に上司を褒めたのが意外だ。祈理は一瞬そう思ったが、すぐにそれを否定した。考えてみればこの人、課長にだけは弱いし甘いのだ。

「主任、前から思ってましたけど、課長には素直ですよね」

「ああ？　それがどうした。悪いのか」

「いえ別に」

敵意剝き出しで睨まれてしまったので、祈理はお茶を濁して視線を逸らす。対外的に大変な時に、課内で下手に揉めたって仕方ないし。そう自分に言い聞かせた直後、祈理は思い出したように溜息を吐いた。

対外的と言ったが、問題は異人達だけではないのだ。髪をぴったり撫でつけた面長の顔が脳裏に浮かぶ。祈理は湯呑に残っていたお茶を飲みほすと、独り言と問いかけの中間ほどのトーンで声を発した。

「磐蔵局長って、何で陰陽課をあんなに気にするんですかね……？」

湯呑を手にしたまま、ぼそりとつぶやく。異人の知り合いでもいるのか、あの環境福祉局の局長は事あるごとに課長を呼び出し、業務内容の改善を求めているのだ。

「局長って、去年まであんな感じだったんですか?」

「そんなわけあるか。うちは前から環境福祉局の管轄だったが、課長が呼ばれたことなんか一度もねえぞ。陰陽課は由緒正しい独立部隊だし、大体、伝承も陰陽道も知らないド素人の管理職が口を挟めるような仕事でもないだろう」

「ですよね……。じゃあ磐蔵局長が極端に熱心ってことですか?」

「だろうな。昔はともかく、今の磐蔵は熱心で有能な管理職様だから」

「昔? ああ、前は適当な人だったんでしたっけ」

「ああ。部署の全然違う俺でも知ってくるくらいの不良公務員だった。車で事故ってから人が変わったように真面目になったらしいがな」

「へえ。事故で人生観が変わったりしたんですかね。……と言うか、主任に不良公務員呼ばわりされるなんてよっぽどですよね」

そもそも主任がそんな風だから陰陽課が目を付けられるのでは? 言外でそう訴えつつ、祈理は湯呑を持って席を立った。もうじき昼休みも終わるので、その前に湯呑を洗ってこよう。そう思って給湯室に向かおうとした時、祈理と春明のデスクの間に設置された電話が鳴り、祈理は反射的に受話器を取っていた。春明は絶対に自分からは出ないのだ。

「はい、お世話になっております。お——いきいき生活安全課の火乃宮が承ります」

陰陽課の、と出かけた声を慌てて飲み込み、決まり文句を口にする。電話の相手は市役所本館の職員だった。住民課の西九条《にしくじょう》という名前は初耳だったが、身内であれば気が楽だ。何でしょう、と尋ねると、やたら不安げな声が返ってきた。

「枕木さんって、そっちの課長でしたな？」

「はい、そうですが。課長にご用でしたら、今本館に行っておりますので——」

「ああいや、そうやないんです。それは知ってるんですけどな」

何やら要領を得ない話し方である。祈理は受話器を持ったまま首を傾げ、春明と顔を見合わせた。と、電話の向こうの声が「その枕木さんが」と先を続けた。

「今さっき倒れましてな。いきいき生活安全課のお二人を呼んではるんです」

☆☆☆

祈理と春明が市役所本館一階の宿直用仮眠室に入ると、枕木は寝かされていた布団から上体を起こし、決まり悪そうに会釈した。

仮眠用の薄い布団が敷かれている他にはロッカーと小さな冷蔵庫しかない、三畳敷きの小さな部屋である。宿直室へと通じる引き戸を祈理が閉めると、枕木は二人の部下を見上げて申し訳なさそうに首を振った。

「わざわざすみませんね」

落ち着いた声が狭い仮眠室に響く。枕木はネクタイを緩めている以外は朝に挨拶を交わした時と同じ服装で、口調も普段通りの平静さだ。だが、そんな枕木を見た瞬間、祈理は言葉を失っていた。

顔色の悪さが尋常ではない。色白だった肌は青みがかった黒に近い、俗に言う土気色になっていた。目の周りには隈《くま》が刻まれ、頬もげっそり凹《くぼ》んでいる。市役所を出ようとしたところでいきなり倒れたと聞いていたので、軽い眩暈《めまい》的なものかと祈理は思っていたのだが、これはそんなレベルではない。朝は健康そうだったのに。

「課長、どうされたんですか？　急に倒れ」

「おい！　大丈夫なのか、おっさん？」

祈理の問いかけを打ち消すように、春明が切羽詰った声を発し、布団の傍へ屈み込む。いつも偉そうで平然としている春明のこんな様子は初めてで、祈理は思わず見入ってしまう。枕木はそんな二人の部下を順に見ると、改めて深く頭を下げた。

「お気遣いありがとうございます。かなりしんどいですが、今にも血を吐くとかそういうことは多分ありませんので、ご心配なく。そうそう火乃宮さん、本館宛の決裁文書が溜まっていたと思うのですが、持ってきてくださいましたか？」

「え？　え、ええ、一応持ってきましたが……って、そんなことより課長ですよ。いきなりそんな顔色になるなんて、救急車呼んだ方が」

「結構です。私をここへ運んでくださった西九条君もそう言ってくれましたがね、断りました」

「断った？　何でそんな……」

「呼んでも無駄なのですよ。これは病院で治るものじゃありません。だから真っ先にいきいき生活安全課へ電話して貰ったのです」

「はい？　ええと、どういう……」

「――まさか。呪詛《じゅそ》か！」

祈理が首を捻るのと同時に、春明が短く鋭い声を発する。それを聞いた枕木は、黒ずんだ顔に薄く穏やかな笑みを浮かべて首肯した。

「相変わらず勘が良い。経験則から言っても、十中八九《じっちゅうはっく》そうでしょうね」

「呪詛って……呪いってことですよね」

「ええ、火乃宮さん。もう隠しても仕方ないので言ってしまいますが、私、先日来、脅迫を受けておりましてね。異人の勢力間の争いを煽《あお》りなさい、さもなくば呪ってやるという旨の電話が、自宅に何度か掛かってきたのです」

さらりととんでもないことを告げる枕木である。コメントできずに固まる祈理、何だと、と息を呑む春明を見比べると、呪われた課長はやれやれと言いたげに肩をすくめて言い足した。

「馬鹿馬鹿しいので無視していたのですが、こんなことになりました」

「なりました、じゃないですよ……！　いや、それ以前に実際に効く呪いなんて」

「いい加減に学習しろ、ド新人！　この街では呪詛も占術も実用なんだ！　それでおっさん、相手の素性は？　術者はどこの誰なんだ？　どこで仕掛けられた？」

罵声に近い大声を祈理に浴びせ、春明は枕木に向き直った。食い入るような、あるいは懇願するような真摯な視線を向けられ、枕木はゆっくりと首を左右に振る。

「それが何とも。……ですが、探ることはできますね、五行君？」

「え？　あ、ああ——実行された術は痕跡を残すからな。俺なら術者を探れる」

焦っていた春明の声に、普段の不敵な調子が戻っていく。おっさんの呪詛を祓うのが先だがな、と言い足すと、春明は目の前の上司をじろりと睨んだ。

「つうかおっさん。あんた、最初から自分を囮《おとり》にするつもりだったろ。脅迫電話が掛かってきた時、利用してやれと思ったんじゃねえのか？　やめろよ、そういうの」

「そこは不問ということでひとつ。ですが、穏仁の解放や賽君の襲撃など、昨今の異人さんを巡るあれこれと脅迫者は繋がっている気がします。というわけで五行君、後は公認陰陽師の仕事です。火乃宮さんもサポートをよろしく」

「あ、は、はいっ！　了解です」

二人の会話に聞き入っていたところにいきなり声を掛けられ、慌ててうなずく祈理。で、具体的に何をすればいいんでしょう。祈理はそう問おうとしたが、そこに春明が立ち上がって口を開いた。

「どこのどいつか知らねえが、良い度胸だ。陰陽課を敵に回すと割に合わねえってことを、心底分からせてやらねえとな……！」

拳を強く握り締めた銀髪の公認陰陽師が、ドスの利いた声を響かせる。ここまで怒っている春明を見るのは、祈理にとっては初めてだ。有能だが怠惰な春明が珍しくやる気を出しているのだから、こんな頼もしいことはない。そのはずなのに――と祈理は思った。

なのに、なぜわたしは、うっすらと不安を感じているのだろうか。

☆☆☆

陰陽課の入っているビルの裏には、申し訳程度の小さな奥庭が設けられている。板塀で囲まれた狭いスペースに小さな紅葉の木が一本植わっており、その木陰に古いベンチが一つ置いてあるだけなので、庭と言うより砂利の敷かれた空き地である。訪れる人もほとんどいないそんな寂しい場所で、祈理は一人溜息を吐いた。

塗装の剝《は》げた木製のベンチに腰掛けたまま、事務所のある四階に目を向ける。ブラインドの閉め切られたあの部屋の中では、春明がまだ陰陽道の儀式を続けているはずだった。儀式の目的はもちろん、枕木に掛けられた呪詛の除去と、その犯人の素性の追及である。

昨日枕木が倒れたのは、春明にとってよほどショックだった……と言うか、腹に据えかねる出来事だったらしい。いつも定時ギリギリに出勤する春明が今日は早朝から出てきており、祈理が来た時には事務所に神棚とキャンプファイヤーを合わせたような形の祭壇が組み上がっていて、今まさに儀式が始まるところだった。祈理も何か手伝おうとしたのだが、集中の邪魔だと追い出されてしまったのである。

枕木がいれば取り成してくれたかもしれないが、課長は昨日の今日ということで有休を使って休んでおり、今にも激昂しそうな春明に祈理が正面から反論できるわけもない。というわけで祈理は仕事用のファイルと文房具だけを持ち出し、裏庭のベンチで仕事をしているのであった。

「えーと、千円単位で切り上げだから……百二十一、と」

電卓と赤ペンを手にしたまま、課長に頼まれていた作業を続ける。去年の陰陽課の決算資料のチェックだ。大きな事業を抱えた課なら項目の種類も金額も大きいのだろうが、陰陽課の場合、春明の儀式用の消耗品費と御霊委員会の運営費、あとは事務所の維持管理費くらいしか予算の使い道がないので、計算は楽である。これが終わったら何しようかな、と考えながら電卓を叩いていると、聞き慣れた声が耳に届いた。

「お疲れ様です」

「ああ、課長、お疲れ様です――って、課長？　大丈夫なんですか？」

いつもの癖で自然に挨拶を返してから、祈理はぎょっと驚いた。ビル横の通路から奥庭に顔を出したのは、私服姿の枕木だった。ワイシャツにネクタイといういつものスタイルではなく、グレーのシャツにベージュのカーディガンを羽織っている。休日モードの枕木は、不安げな部下に向かって会釈した。

「おかげさまで何とか持ち直しました。顔色も昨日より良いでしょう?」

「確かに……でも、今日はお休みだったんじゃないんですか?」

「五行君の様子が気になりましてね。様子を見て帰るつもりだったんですけれど」

そこで一旦言葉を区切ると、枕木は視線を上階へと上げた。閉め切られたブラインドを見ながら、いつも通りの平静な声で続ける。

「集中しているようですし、邪魔するべきではないでしょう。お隣、座っても?」

「はい、どうぞどうぞ」

ファイルと電卓を抱えた祈理が、ベンチの真ん中から左にずれる。枕木は小さく一礼して腰を下ろすと、ふう、と苦しそうに息を吐いた。顔色こそ元通りだが、まだ体にダメージは残っているらしい。

「ほんとに大丈夫なんですか、課長……?」

「五行君が呪詛を薄めてくれていますからね。それに、私だってただ呪われていたわけではありません。普段からそれなりの対策は講じてありますす」

そう言うと、枕木はシャツの胸ポケットから一枚の尖った木の葉を取り出した。表面に赤インクで星のマークが記されたそれを、枕木が祈理に示す。

「吉祥院《きっしょういん》の柊《ひいらぎ》の葉に、魔除けの丹《に》でドーマンセーマンの五芒星を描いた魔除けです。

作った私が本業の術者ではないので呪詛を弾くことはできませんが、軽減させるくらいの効果はあるんですよ」

「課長が自分で作られたんですか？　凄いですね」

「陰陽課に長年いると、この程度の知識は身に付きますから。それに、この課はこれでなかなか危険な部署なので、ある程度の自衛能力はどうしても必要です」

どこか自嘲《じちょう》気味な落ち着いた声が、狭い奥庭に静かに響く。自家製の魔除けを胸ポケットに戻すと、枕木は黙って聞き入る隣の祈理に顔を向けた。

「勿論《もちろん》、一般の市役所職員でも、度を越えたクレーマーや暴力団に困らされることもありますがね。そういう場合には警察なり裁判所なり、職員が頼る先が存在するわけです。ところが異人さん絡みだとそうはいかない」

「確かに、そうですよね」

「でしょう？　おまけに異人さんの中には、稀《まれ》に言葉が通じない方もおられます。穏仁に襲われた火乃宮さんならお分かりでしょう。ああいう危険な異人さんにも、我々は自発的に対応しなければなりません。もちろん、そのために実働役の五行君がいるわけですが、彼が常に近くにいるとは限らない」

「課長も危険な目に遭われたことって多いんですか？」

電卓を叩く手を止めたまま、祈理が枕木に問いかける。そう言えば、この人とこういう話をするのは初めてだな、と祈理は気付いた。お互い職場では無駄な私語をしないタイプなので、話すことと言えば業務連絡か仕事の段取りがほとんどだ。仕事の手を止めたことを咎められるかとも思ったが、枕木はそこには触れずにうなずいた。

「色々ありましたよ。私はこの課に慣れているから良いのですが……そんな部署に、市外から来られたばかりの有能な火乃宮さんを配属するというのはね。正直、私としては許容しがたいところはあるのです。申し訳ありません」

「え？　いやそんな、有能だなんて……。と言うか、私の配属が問題だって、前からそんな風に思われてたんですか？」

「それはもう。五行君が火乃宮さんに邪険な態度を取るのも、同じ理由ですよ」

肩をすくめた枕木が、思い出したように事務室を見上げる。その発言の意図が摑めず困惑する祈理を一瞥すると、枕木は再度四階の窓に視線をやった。

「五行君はね、火乃宮さんが自主的に陰陽課からの異動を申し出るのを願っているんですよ。この部署がいかに危険で厄介か、一番知っているのは彼ですから」

「え。ほ、ほんとですか、それ……？」

「これでも彼との付き合いは長いですから、考えていることくらい分かります。五行君は五行君なりにあなたを案じているんです」

閉め切られた窓を見たまま告げると、枕木は祈理に向き直って「彼には秘密ですよ」と付け足した。そう言われても、祈理はぽかんと驚くばかりで二の句が継げない。あの人がわたしを気遣って、わざわざ嫌われようとしていた……？

「じゃあ……あの適当でだらしなくて偉そうな態度も、演技なんですか？」

「あれは素です」

「えー」

心底呆れた声が漏れた。見直しかけて損したな、もう。祈理は心の中でぼやいたが、同時に「でも」と考えた。

普段は素でだらけている春明だが、昨日枕木が倒れてからは様子が違う。あれは明らかに本気で怒っていたし焦っていたし、それは今も続いている。ずっと持っていた赤ペンで膝の上の電卓をコツンと叩くと、祈理は隣の枕木を見た。

「昨日の主任、すごく怖かったです。課長、主任に尊敬されてるんですね」

「尊敬と言うより、信頼ですかね。何しろ付き合いが長いですので」

「信頼……ですか？」

「ええ。私は何度か別の課に出たこともありますが、後任が五行君と反りが合わないことが多くて、結局一、二年で呼び戻されるんです。そんなことを繰り返しているうちに、彼との付き合いも二十五年目になりました」

「確かに、それは長いですね……って、え。にっ——二十五年？」

つい相槌を打った後、祈理はぎょっと目を見開いた。このバーコード頭のおじさんは、急に何を言い出したんだ？

まあ、枕木課長は五十代だから、二十五年前から陰陽課にいてもおかしくはない。しかし春明はどう見たって二十歳そこそこで、二十五年も前から働いているはずがない。冗談ですよね、と祈理は言おうとしたのだが、それより早く枕木が口を開いた。

「驚かれましたか？　でも、本当です。五行君はね、実は異人さんなんですよ」

「異人？　主任が……？」

「ええ。外見年齢は変わらないので若く見えますが、私なんかよりよっぽどベテランです。彼はね、平安時代からこの方、代々の政府に仕えながら京都の異人さんの関係を取り持ち、霊的な治安の維持に努め続けてきた、とても立派な人物なのですよ」

「……さん？　火乃宮さん？」

「え？　あ、はい！」

枕木の呼びかけに、祈理はハッと我に返った。

手元を見ればずっと持っていたはずのペンがなく、電卓も地面に落ちている。枕木があまりにさらりと衝撃の事実を告げたせいで、一瞬自失してしまったようだ。祈理は、すみません、と謝りながらペンや電卓を拾い、改めて隣の課長に問いかけた。

「課長。今のお話って――その、本当ですか……？」

「それはもう。嘘を言っているように見えますでしょうか」

「い、いえ、全然……」

大真面目に応じた枕木を前に、祈理は小さく首を横に振った。実際、今の枕木は冗談を言っているようには見えないし、祈理の知る限り、この課長は嘘を言う人でもない。それに――と祈理は考えた。

突飛な話だと思ったが、枕木の話には確かに説得力がある。春明が異人だとすれば――つまり、人間でないとすれば、色々と筋が通るのだ。

「そう言えば、初めて狐の天全さんに会った時、主任のことを『こっち側の人間』って言ってたんですよ。あれってお互い人間じゃないよねってことだったんですね……。お昼を食べないのも、もしかして……？」

「食べる必要がないんです。お酒は儀礼にも使われる一種の呪具だから摂取できるそうですし、水分くらいは摂りますが、基本的に栄養は不要。ですから、スーパーや日用品店についていて詳しくないのも当然なんですね。ちなみに髪の長さは変わらず、髭《ひげ》も生えません。頭の薄くなった私としては羨《うらや》ましい限りです」

しみじみと語りながら、枕木は自分の頭を叩いた。ぺたり、と気の抜けたような音が奥庭に響く中、祈理は深く納得していた。

「な、なるほど……。言われてみれば、散髪に行ってるところ見たことないですもんね……。じゃあ、休みの日でも深夜でもスーツにネクタイなのも？」

「彼はああいう姿の異人さんなのですよ。服装を変えると無駄に力を使うとかで、最近は全然着替えていません。昔は大事な行事や儀式の時は衣冠《いかん》姿になっていたのですが……ああ、衣冠姿というのは平安時代の礼服で、いわば陰陽師にとっての正装なんですね。具体的に説明しますと」

「あ、分かりますので大丈夫です」

衣冠姿の説明に入りかけた枕木を制すると、祈理はベンチの背もたれに体重を預け、ブラインドの下りたままの四階の窓を見上げた。

ほう、と長い溜息が自然と漏れた。

枕木は当たり前のように「平安時代からこの方」と言ったが、それはつまり千二百年間今の仕事を続けているということだ。長生きしても精々百年、しかも就職して三ヶ月の自分とはスケールが違いすぎて、凄さがうまく実感できない。大した人だったんだな、としみじみ感心していると、枕木が意外そうに首を傾げた。

「もう質疑は終わりでよろしいのですか？　相当非現実的な話をしたのですが」

「それはそうですけど、信じられちゃいましたから……。ですけど、そんなの大丈夫なんですか？　異人法の五十二条によれば、異人は公職には就けないはずですよね」

ひとしきり感慨を覚えた後、祈理が不安げに小声で尋ねる。問われた枕木は虚を突かれたように一瞬静止し、すぐに満足そうにうなずいた。

「まずそこに目を付けるとは、いかにも火乃宮さんですね。そうです。異人さんには、人間にはない能力をお持ちの方が多いですからね。市政に公平を期すため、公職への採用は禁じられています。さすがに詳しい」

「い、いえ、そんな大したことでは……それより主任の扱いって」

「お気遣いなく。五行君が異人さんであることは、古株の異人さんや市の上層部の間では、公然の秘密なんですよ。彼が公認陰陽師の職にいないと仕組みが回らないことをみんな知っているので、黙認しているわけです」

「黙認って……市役所がそんなことしていいんですか？」

陰陽課のやり方が分かってきた今となっては、最初の頃のように一々声高に論《あげつら》うつもりはないが、やはりそれはあまりよろしくない慣例なのではなかろうか。モヤモヤを抱えた祈理が尋ねると、枕木は申し訳なさそうに肩をすくめた。

「あまり良くはないですが、京都市の成立よりもっと古いシステムですから、ということでご容赦ください。ただ、さすがに何十年何百年と同じ名前の人間が在職し続けるのはいかにもまずい。なので、何年かに一度、形の上で退職していただき、その直後に別の名前で採用するというサイクルができあがっているわけです」

「あ！　じゃあ、先代の公認陰陽師さんが主任と同じ顔だったのも――！」

「おや。写真をご覧になりましたか」

思わず漏らした祈理に、枕木が鋭く切り返す。祈理は部外秘扱いの写真を見たことを咎められるかと焦ったが、枕木は穏やかにうなずいただけだった。

「であれば話が早い。ええ、代々の公認陰陽師は全て同一人物なんですよ」

「な、なるほど……！　って、それ、偉い人と関係者だけの秘密なんですよね？　わたしなんかに言っちゃって良かったんですか……？」

「私は一応呪詛を受けている身ですからね。五行君が頑張ってくれているとは言え、今夜にでも命を落とす可能性は決してゼロではないわけで、であれば課員に引き継ぎをしておく必要があります。第一、火乃宮さんは課の一員で、立派な関係者ですからね。むしろ遅いくらいですよ」

けろりと応じる枕木である。不安げな祈理にぺこりと頭を下げて詫びを示すと、陰陽課の課長は柔らかい口調で先を続けた。

「すぐ異動希望を出すようなら黙っているつもりでしたがね。最近のあなたを見る限り、どうやらそのつもりはなさそうだ。違いますか？」

「違いませんけど……。それより、主任が異人だとしたら、種族と言うか、正体は何なんですか？　妖怪なんですよね？」

心持ち声を潜めて問いかける祈理。だが枕木はふいに口を固く結び、首を左右に振った。眼鏡のフレームが紅葉からの木漏れ日を反射しキラリと光る。

「それは秘密なのです。五行君の意向により、お偉方にも知らせていませんし、お教えすることもできません」

「言えないってことは、課長はご存知なんですか？」

「ええ。本人から直接教えて貰いましたから。ですが、これぱかりは私の一存では申し上げられません」

きっぱりと言い切る枕木である。本人が秘密にしたがっているのなら無理矢理聞き出すことはできないが、それはそれとして知りたいのは確かだ。というわけで祈理がじっと見返すと、枕木は真面目な表情を崩さないまま「ふむ」と漏らした。

「気になりますか」

「それはもう」

「でしたら、ヒントだけでも。確か火乃宮さんは、最近、京都の歴史や伝承についての本を色々読まれているでしょう？　その中には必ず出てきているはずです」

「え。ですけど課長、わたしが何を読んだかご存じないでしょう？」

「ご心配なく。この街の伝説を扱った資料なら、間違いなく彼に言及しています」

「つまり、かなり有名ってことですよね……？　じゃあ、例えば――」

「そりゃあ、間違いなくあの人だろうよ」

ふいに響いた野太い声が、祈理の言葉を掻き消した。

え、「あの人」？　と言うか誰の発言？　祈理が思わず声のした方向を見ると、いつからそこにいたのか、紅葉の木の向こう側に、大柄な男性が立っていた。

「陰陽術に長《た》けていて、他の妖怪とは馴《な》れ合わん。ということは平安の御世に活躍されたあの人だろうってのが、異人の間での共通見解だな、うん」

太い腕で紅葉の枝を除けながら、声の主が祈理と枕木の座るベンチの前へ歩み出た。

身長二メートル近い、屈強な大男である。朱色のTシャツとジーンズは筋肉で盛り上がってピチピチで、白髪交じりの髪を短く刈り込み、日に焼けた髭面には人懐こそうな笑みを浮かべている。太い首にはタオルを掛け、左手には白い布袋を提げていた。年齢は枕木と同じく五十代ほどだろうが、細身で無表情な課長とは印象が対照的だ……と祈理は思い、そして小さく首を傾げた。

誰だ、この人。いつの間にどうやってこの奥庭へ？

だが、祈理がその質問を口にするより先に、枕木がぺこりと頭を下げていた。

「これはこれは。昨日はお疲れ様でした。火乃宮さん、こちら愛宕山《あたごやま》の太郎《たろう》坊《ぼう》天狗さんです。お会いするのは初めてでしょうが、お名前はご存じですよね」

「愛宕山の？　それって——あっ、は、初めまして！」

脳内で名前を検索した直後、祈理は慌てて立ち上がって一礼した。愛宕山の太郎坊天狗と言えば、市内の異人三大勢力の一つ、天狗族の惣領である大物だ。年度初めの挨拶回りでは留守にしているとかで会えず、その後も顔を合わせる機会がなかったが、さすがに名前は知っている。

「今年度より陰陽課に配属になりました、主事補の火乃宮祈理と申します。よろしくお願いいたします。あの、すみません、名刺は今持っていなくて……」

「構わん構わん。あんなのは紙の無駄だ。と言いつつ自分は出すんだがね。表向きは大杉で通しておるんで、その名前でよろしく」

大杉と名乗った大天狗が、ごつごつとした太い指で器用に名刺を差し出した。木目調の模様の名刺には、「オリエンテーリング・登山用品専門店　TAROU　店長　大杉熢《ひうち》」と太い筆文字で記されている。

「登山用品のお店をされてるんですね」

「天狗と言えば山だからな。街に根付いたひ弱な狐や鬼とは鍛え方が違うわけよ」

名刺を眺める祈理の前で、丸太のような腕を組んだ大杉が自慢げに笑う。その豪快な態度やマッシブな体格は、飄々《ひょうひょう》とした天全や理知的な賽とは確かに違ったが、そんな言い方しなくてもいいだろうに。露骨な対抗意識に祈理はちょっと呆れたが、枕木は慣れているのか特に口も挟まず、座ったまま問いかける。

「今日はどうされたんですか？」

「どうしたもこうしたも、昨日の会議の後、我らが枕木課長が倒れなさったと聞いたからな。見舞いだ、見舞い。誰の仕業だ？　格式ばった鬼どもか？　それとも軽薄な狐連中か？　ん？」

「立場上、推測でものを言うわけにはいきませんよ」

「相変わらず固いことだな。まあいい、とりあえずこれでも食え」

そう言うと大杉は、左手に摑んでいた布袋を軽く叩いた。「天狗謹製の圓八餅《えんぱちもち》だ」

と説明し、祈理と枕木を見比べて続ける。

「呪詛や祟《たた》りで弱った体にはこいつが一番だからな。食わせてやろうと思って来てみれば、面白そうな話をしていたもので、つい口を出したわけだ。公認陰陽師どのの素性は、わしら異人の間でも色々噂されているもんでな」

「へえ、そうなんですね。じゃあ、さっき仰ってた『あの人』というのは……」

「そいつが最有力候補なんだよ。あの偉そうな態度は神霊の特徴だ」

「しんれい？　心霊写真の心霊ですか？」

「神の霊と書く方だよ。怨霊《おんりょう》の逆で、生前の功績に依って死後に立派な霊格を得た人間の魂のことだ。要するに、元気で強い幽霊だな」

「じゃあ、主任は元は人間だったと……？　誰なんです？」

貰った名刺を持ったまま、祈理が思わず問いかける。だが大杉はそれには答えず、健康的な歯を見せてニッと笑った。

「そこから先は自分で考えるこった。手がかりは山ほどあるだろう？　つうか、正直なところ、陰陽屋さんの今の名前はちょっとあからさますぎると思うんだが……そのあたりについて枕木課長はどう思われるかね」

「さあどうでしょう」

水を向けられた枕木が、ベンチに腰掛けたまま質問をさらりと受け流す。だが大杉は怒るでもなく「いつもそれだ」と明るく微笑み、餅の入った袋を再度叩いた。

「弱った相手に長話も何だ。その格好を見るに、課長、今日は休みだろう？　昼飯がまだなら、一緒に茶房庵《さぼうあん》でもどうだ。茶を出して貰って食おうじゃないか」

「嫌と言っても連れていく気でしょう。勤務中ならともかく、今はお誘いを断る理由もありませんし、お供させていただきます。では火乃宮さん、私はこれで。なお、私が来たことは五行君には内密にお願いしますね。心配させてしまいますから」

例によって落ち着いた声で言い残し、枕木は大杉と連れ立って奥庭を後にした。

二人を見送った後、祈理はふと、大杉がどこから入ってきたのか聞くのを忘れたことに気付いたが、まあいいや、と納得してベンチに座った。

異人が神出鬼没なのは今さら驚くことでもないし、それよりも春明の素性だ。課長が去ったのだから仕事を再開すべきなのは分かっていたが、あの公認陰陽師は何者なのか、気になってしまって仕方ない。

おそらく神霊化した人間で、異人の間では共通見解が出ており、今の名前はあからさま。大杉のくれたヒントはそれくらいだ。あと、枕木は勉強を始めたばかりの祈理でも知っているほど知名度の高い存在だと言っていた。ということはつまり。

「陰陽道で名を残した人……？　有名な陰陽師ってそんなに多くないはずだし、それに、名前が鍵ということは――主任は五行春明だから……あ！」

思わず驚きの声が漏れ、祈理はハッと口を押さえた。

もしかしてあの人では、という声が、胸の内で大きく響く。いくら何でも簡単すぎる気もするし、伝え聞く生前の人格と春明とではだいぶ違うが、でも、否定する根拠が見つからない。一度課長に確認してみるべきか、あるいは本人に聞くべきか？　いやしかし、隠していることを暴くのも良くないのでは……？　とかなんとか祈理が逡巡《しゅんじゅん》していると、唐突に上から声が降ってきた。

「おいド新人」

「あっ、はいっ！　すみません仕事します！」

いきなりの呼びかけに、祈理の背筋がびくんと伸びる。反射的にファイルを開いた後、祈理が声の方向を見上げれば、事務室のある四階のさらに上、屋上から春明が上体を突き出していた。

距離がある上に逆光になっているので表情は分からないが、あの線の細いシルエットに短い銀髪は春明以外にありえない。その見慣れた姿を目にした瞬間、祈理は思わず小さく息を呑んでいた。

「……あ」

間抜けな声がこぼれたきりで、その後に言葉が続かない。さっき聞かされた話のせいだということは、考えるまでもなく祈理は理解していた。

何度も名前を変えながら、千年以上も京都の街に尽くし続けている孤高の異人。しかもその正体は、おそらく歴史に名を残す偉大な人物。見上げた先の二十歳そこそこの青年がそんな立派な相手だと思うと、言葉が詰まってしまう。公務員になりたての自分にとっては尊敬すべき大先輩に、わたしは何を言い、どう接すればいい？　戸惑った祈理は数秒間ぽかんと春明に見入り、ややあってようやく口を開いた。

「おっ、お疲れ様です……！　主任、どうして屋上に？」

「来れば分かる」

「え？　わたしも来いってことですか？　呪詛祓いの儀式はもう終わったんですか？　課長の呪いの原因の方は——」

「探ったからここにいるんだ！　いいから来い！　今すぐ！」

祈理のおずおずとした問いかけを、春明の怒鳴り声が打ち消した。かなり気が立っているらしい。正体を確かめたりしている場合ではなさそうだが、何かまずいことでも起きたのだろうか。不安を感じたまま、祈理は慌てて屋上へ向かった。

階段を駆け上がる最中、そう言えば屋上に行くのは初めてだな、と祈理は思った。

☆☆☆

「お待たせしました――ひゃっ」

階段を上り切った祈理がスチールのドアを開けるなり、春明が手にした何かを放って寄越した。

祈理がとっさに受け取ったソフトボールサイズの物体は、小さな茶碗二つの口を合わせたものだった。百円ショップで売っていそうな安っぽい二つの茶碗は、黄色い紐で十字に縛られて固定されている。底の部分には真っ赤なインクで梵字《ぼんじ》のような文様《もんよう》が記され、全体は土で汚れていた。見たことのない奇妙な物体に祈理は首を傾げ、屋上に立つ春明と、その足下に並んだプランターを見た。

ハーブの植わったプランターは、枕木課長が休憩時間を利用して屋上で世話しているものだろう。最初の日にそんな話を聞いたのを覚えている。そのうちの一つは乱雑に掘り起こされてしまっており、春明の手が土で汚れている所を見ると、この茶碗はプランターから春明によって掘り出されたもののようだった。

「あの……主任？　これは？」

「呪詛玉《だま》だ」

訝る祈理を前に、春明はドスの利いた声で即答した。かなり苛立っているらしく、白いこめかみがぴくぴくと震えている。初めて見る春明の静かな怒りに、祈理はごくりと唾を飲み、手元の茶碗を合わせた物体に――春明の言葉によれば「呪詛玉」に、目を落とした。

「呪詛玉って……」

思わず祈理の声が震える。その不吉で不穏な名称には覚えがあった。『陰陽道の技術』だったか、それとも『日本占術呪術事典』だったか、図書館で借りた本のどれかに載っていた名称だ。

「確か、呪いに使う道具ですよね？　ターゲットが通りそうな場所に埋めておいて、その上を通るか近づくかした相手に呪いが掛かるって」

「それだ。少しは詳しくなったらしいな」

「勉強してるって言ったじゃないですか。宇治拾遺《うじしゅうい》物語に出てきた呪具でしょう？

あの話では、確か――」

　瞬間、祈理ははっと言葉の先を飲み込んでいた。宇治拾遺物語のそのエピソードで呪具の場所を占いで言い当てたのは、ついさっき、春明の正体だろうと推理した陰陽師なのである。彼と同じことができるということは、やはり……？　祈理は思わず正体を尋ねそうになったが、思い留まった。今はそんなことより呪詛の話が先だ。

「これ、課長のプランターから出てきたんですよね。誰が――」

「分かったら苦労はしねえよ！」

　ふいに春明が怒鳴り声をあげ、床を思い切り蹴った。偉大な神霊とは思えない乱暴な剣幕に、祈理は呪詛玉を取り落としてしまう。陶器を合わせて紐で固定しただけの呪具は、コンクリートの床にぶつかってあっけなく砕けた。

「あっ！　す、すみません！　大事な証拠を」

「大事なもんか。そこに込められた呪詛はとっくに枕木のおっさんに移った後だし、その呪いも俺が祓った。分かりやすいように呪詛玉と言ったがな、今のそれはもう単なる燃えないゴミだ。捨てとけ」

「え？　いや、でも、これって誰かが――犯人が課長を呪った証拠でしょう？　課長も言ってたじゃないですか。主任だったら術者を探れるって……」

「――探れたよ。呪詛玉が埋まってたのがここじゃなけりゃあな！」

吐き捨てるような春明の声が、またも祈理の声を打ち消す。春明は、くそ、と唸りながら再度床を蹴りつけ、そして両手の拳と拳を思い切り打ちつけた。

「術者の痕跡を辿るってことは、そいつが呪詛の現場に残した『気』を追うってことだ。だけどな、ここには別の陰陽師の気配がガッツリ染み付いて、犯人の残り香を消しちまってるんだよ！　畜生！」

「別の陰陽師って――あ。それ、主任のこと……？」

「他に誰がいる！　くそったれ、まさか自分の気配に邪魔されるとは……！　どこのどいつか知らねえが、ろくでもない真似を……！　こうなったら――」

と、そこで春明は言葉を区切り、祈理をまっすぐ睨んだ。色の白い顔と血走った目のコントラストに祈理はぞくりと震えたが、春明が見ているのは自分ではないと気付いた。この人が睨み付けているのは、自分のすぐ後ろ、階下に続くスチールのドアだ。ずかずかと歩み寄ってくる春明に、祈理は思わず問いかける。

「……どこへ行かれるんです？」

「決まってるだろうが。やらかしたのはどうせ勢力の拡大を目論むどっかの馬鹿な異人だ。公認陰陽師と陰陽課のコネも権限もフル活用して、片っ端から問い詰めて吐かせてやる」

拳を鳴らしながら春明が祈理へ歩み寄る。その鬼気迫る勢いに、祈理は一瞬気圧《けお》されて場所を譲りそうになったが、すぐに我に返って足を止めた。

今の主任を行かせては駄目だ。自分で自分に言い聞かせ、深く短く深呼吸。ドアの前に立って春明を見つめ返せば、怒る公認陰陽師は「ああ？」と唸り、部下を見据えた。牙《きば》のように尖った歯の生えた口が開き、押し殺した声が屋上に響く。

「……何のつもりだ？　どけ」

「どきません。落ち着いてください、主任」

「はあ？　馬鹿言ってんじゃねえぞ、ド新人？　こうしてる間にも犯人が遠くに逃げてるかもしれねえんだ。押し問答してる時間はねえ。そこをどけ！」

堪忍袋《かんにんぶくろ》の緒《お》が切れたのか、声高らかに春明が叫ぶ。その怒声に屋上を囲んだフェンスがビリビリと震え、祈理の背に冷や汗が滲んだ。

ここまで怒っている春明を見るのは、祈理にとっては初めての体験だ。その迫力は凄まじく、今にもドアの前から飛び退いてしまいそうである。実際、しばらく前までの――具体的には、賽と水の精の一件以前の祈理ならそうしていただろう。

だが。祈理は踏み止まっていた。

「どきません！」

ごくりと一度息を呑み、強く短く言い放つ。その勢いで両手を大きく左右に広げてみせれば、春明は一瞬きょとんと立ちすくんだが、すぐに怒りの形相《ぎょうそう》に戻り、押し殺した声を響かせた。

「もう一回だけ言うぞ。どけ」

「どきません。どきませんからね」

念押しのように繰り返しながら、祈理は深く確信していた。同時に、枕木が倒れて以来春明に感じていた不安の正体をも理解していた。

今の春明は、明らかに私情で動いている。

枕木課長を直接狙われたことがよほど頭に来ていたようだ、と祈理は考える。課長に聞いた話によれば、二人は二十五年前から組んでいたらしい。我儘《わがまま》な春明が嫌がらずにそれだけ続いたということは馬の合うコンビだったのだろう。少なくとも、春明にとっての枕木は大事な相棒であり友人であるに違いなかった。何しろ春明が自分の正体を明かした相手なのである。

そんな大事な相手が呪われて、しかも犯人は春明の気配を利用して痕跡を消した。となれば、怒り狂うのも当然だ。でも、だけど。荒れる呼吸を無理矢理整えると、祈理は春明を見返し、同じ言葉を繰り返した。

「……落ち着いてください、主任。確かに陰陽課には、怪しい異人を取り調べる権限が与えられています。異人法百六条、『市内在住の異人に対し、公認陰陽師は捜査等に必要な取調をすることができる。また、必要があるときは、特定の異人の出頭を求め、これを取り調べることができる』。これを行使すれば、主任の言われるように『片っ端から問い詰めて吐かせてやる』ことも可能ではありますが」

「んなことは言われなくても分かってるんだよ！　何が言いたい！」

「今の主任は前のわたしと一緒だってことです！」

春明の勢いに負けないよう、祈理は声を張り上げた。

今の春明は、水の精は危険だから即刻封印しろ、怪しい奴は片っ端から出頭させて事情聴取しろと主張していた、あの時の浅はかな自分そのものだ。そう祈理は理解していた。あの時の自分は、妖怪の危険性の除去だけに固執し、視野狭窄《きょうさく》になっていた。そんな祈理を正してくれたのは枕木であり春明だ。であれば。

今度はこっちの番だ。

「わたしが前にそんな風になった時、何て言われたか覚えてますか？　権限があるからってみだりに行使すべきではないって、わたしは課長にそう言われたんです。主任も聞いてましたよね？」

「ぬ？　……それは、まあ……」

「ですよね？　事件と無関係な人にとって無理矢理呼び出されて尋問されるのがどれだけストレスになるか、そんなことをする陰陽課がどう思われるか、そこまで考えろって課長はわたしに言ったんです。わたしもその通りだと思いましたし、今でもそう思ってます！　主任は違うんですか？」

口を挟む隙を与えないよう、祈理は一気に言い切り、そして春明をまっすぐ見据えた。さあどうだ、と視線で問えば、春明は「ぐ」とも「む」ともつかない奇妙な声を漏らし、忌々しげに目を逸らした。

「……お前、ここでおっさんの言葉を引っ張ってくるのは卑怯だろ」

「卑怯って――ええ、分かって貰えるなら卑怯でいいですよ。わたしは卑怯です」

「おい待て。そこで開き直るのか」

「大事なのは目的を見失わないことですから！　これも課長の言葉ですよ？」

ふん、と鼻を鳴らして問いかければ、春明は歯嚙みするだけで何も言わなかった。反論が思いつかなかったらしい。いつしか春明からは、さっきまでの怒気と迫力は消え、感じられるのは苛立ちと焦りだけになっている。通じたのなら良かったけれど。

心の中でつぶやくと、祈理は声のトーンを落とし、ゆっくりと続けた。

「課長がやられて怒るのは分かります。ですけど、だからって勢い任せで行動したって仕方ないじゃないですか。課長はそんなの認めないと思いますし、そもそも公務員として駄目ですよ」

「……じゃあ、どうしろってんだ。泣き寝入りか？」

「そこまでは言ってません。でも、呪詛玉を仕掛けた相手が占いで追えなかったとしても、調べる手立てはあるはずですよね？　ここに出入りできる——出入りした人って、そう多くはないですし。地道に調べれば、犯人の素性も目的も、きっと分かると思うんです。でしょう？」

なるべく穏やかに語り終え、祈理は春明の反応を待つ。そうして沈黙が続くこと約十秒、黙っていた春明はふいに床を一回だけ蹴ったかと思うと、大きな溜息を落として祈理を見返した。

「……った」

「え。主任、今何て」

「分かったっつったんだよ……！　ああくそ、悔しいがそっちの勝ちだ。俺としたことが、少々頭に血が上ってた」

恥ずかしいのか情けないのか、春明は祈理から目を逸らしてしまう。その声も普段よりよほど小さかったが、それでも祈理の耳にはしっかり届いた。どうやら分かってくれたらしい。ふう、と息を吐き、祈理はようやく広げていた手を下ろした。

「……てか、少々どころじゃなかったように見えましたが。思いっきりキレてましたよね、主任？」

「一々うるせえぞ」

呆れてみせた祈理に向かって、じろりと横眼を向ける春明。その憎まれ口に、つい祈理の顔がほころんでしまう。軽率な行動で陰陽課の信用を落とさずに済んだことも嬉しいが、春明が理詰めで話せば分かってくれる人だったことが、今の祈理には何より喜ばしかった。

乱暴で直情的なところもあるけれど、さすが千二百年間京都を守ってきた異人だけあって、根本の部分はしっかりしているらしい。

で、あるならば。やっぱりその正体は、「はるあきら」とも読める名前を持つ、あのの大陰陽師なのだろうな、と祈理は思ったのだった。

☆☆☆

その翌朝である。

「ふわあ……」

通い慣れた通勤路を歩く祈理が欠伸を漏らすと、春明が呆れた視線を向けた。

「毎朝毎朝、情けない奴だな。しゃきっとしろ」

「昨夜、遅くまで本を読んでたもので……。事務室に着く頃には目は覚めてますから。そう言えば、主任って眠そうなところ見たことないですね」

「お前の知ってる通り、俺は人じゃないからな。そもそも寝ないいんだ」

「あー、なるほど……」

むにゃむにゃと目尻を擦りながら相槌を打つ祈理。そしてそのまま数歩進んだ後、祈理はふいにぎょっとして立ち止まった。

「人じゃないって――主任、それわたしに言っちゃって良いんですか？　てか、どうしてわたしがそのことを知ってるってご存知なんです？」

「反応が遅いぞ。大丈夫かお前」

「す、すみません……。それより」

「昨夜、枕木のおっさんから電話があったんだ。呪詛の効果は完全に消えたって話だったんだが、切り際に、お前に俺が異人だと教えたって言われてな」

立ち止まった祈理を見もしないまま、先に進みながら春明が語る。慌てて祈理が後を追えば、春明はその姿をちらりと振り返って「それと」と言い足した。

「お前は俺が思ってたほど木偶《でく》の坊《ぼう》の役立たずじゃないから、優しくしてやれとも言われた」

「は、はあ……。それで、主任はどう答えられたんです？」

「知ってると言っておいた。……卑怯だが良い度胸の持ち主だ、とも付け足しといてやったよ」

祈理に背を向けて歩き続ける春明が、あからさまにふてくされた態度で告げる。自分が話題になっていたというのは恥ずかしいが、その評価はまんざらでもなかったので、祈理は「恐縮です」と小さく頭を下げた。その後は無言の時間がしばらく続いたが、ややあって先を行く春明が思い出したように口を開く。

「……どう思った？」

「何がです？」

「俺が異人だって話だ。人じゃなくて驚いたろう」

「いえ、あんまり……。むしろ腑に落ちました。配属されてすぐならびっくりしたでしょうけど……それで、主任の正体なんですけどね。わたし、考えたんですが、もしかして――と言うか、やっぱり」

「図に乗るな。秘密だ。話題にするのも許さん」

勢い込んで尋ねた祈理だったが、春明がすかさず遮った。きっぱり言い切られてしまい、祈理が残念そうに黙り込む。と、春明はそんな部下を一瞥し、抑えた声でぼそりと言い足した。

「……まあ、この先お前が陰陽課で働き続けたとして、信用できるようになったら――その時には、教えてやらんでもない」

「え、本当ですか？　約束ですよ？」

「ああ。先に言っとくが、知っても人に言うなよ」

「それはもう！」

きっぱりうなずきながら、祈理は春明の隣に並んだ。

課長を脅迫して呪った犯人の正体も探らねばならないし、市内の異人のギスギス感も払拭《ふっしょく》しなければならない。陰陽課のやるべきことは数多い。だが、今回の一件を通じて春明に認めて貰った気はするし、今日から課長も復帰する。

だったら頑張れるし、だから頑張ろう。

心の中で強く言い切り、祈理は力強くも軽い足取りで——その数日後に何が待っているのか、知りもしないまま——いつものように市役所別館へ向かった。

五話　新入職員、式神を得しこと

一条戻橋《いちじょうもどりばし》と云《いふ》は、昔《むかし》安部《あべの》晴明《せいめい》が天文《てんもん》の淵源《えんげん》を極《きわめ》て、十二神将《じゅうにしんしょう》を仕《つかひ》にけるが、其妻《そのつま》職神《しきがみ》の皃《かたち》に畏《おち》ければ、彼十二神《かのじゅうにしん》を橋《はし》の下《した》に呪《じゅ》し置《おひ》て、用事《ようじ》の時《とき》は召仕《めしつかひ》けり。

（『源平盛衰記　巻第十』より）

「『通達。いきいき生活安全課主任・公認陰陽師の五行春明について、異人であることが確定されたため、異人福祉施工規則第五十二条に基づき京都市職員の資格を剝奪《はくだつ》するものとする。また、この処分により同課は公認陰陽師が不在となりその機能を喪失することから、同課は解散とし、課員は他の部署へ異動するものとする』……？」

祈理が春明が異人だと知り、春明が屋上で呪詛玉を見つけた日の翌々日の陰陽課の事務室である。出勤してきたばかりの祈理は、枕木に見せられた文書を読み上げると、隣に立つ春明と顔を見合わせ、もう一度手元の文書に目を落とした。

右肩に管理用文書番号の入った正式な公文書だ。記された日付は六月二十日、つまり昨日で、作成者は環境福祉局局長、磐蔵立彦。形式としては全く間違っていないが、書いてある内容が理解できない。

「……主任。これ、どういうことです？」

「聞きたいのは俺の方だ。おっさん、こいつは」

「今朝、磐蔵局長からメールで届いたのです。私も初耳なので、事情は何とも」

そう言うと課長席の枕木は首を横に振り、人差し指と親指で眼鏡のフレームの位置を直した。口調も態度もいつも通りに平静だったが、頭には汗が滲んでいる。課長も困惑していることを祈理は理解し、手元の文書に視線を戻した。

「回りくどい文章ですけど……要するに、主任が異人だって分かったからクビってことですよね？　で、公認陰陽師が不在の陰陽課は存在意義がないから解散と」

「そうですね。しかし、一体どういうつもりでこんな通達を出したのやら。五行君が異人であるというのは、市と御霊委員会で共有され続けてきた公然の秘密。局長もそれはよく知っているはずなのに、なぜ今になって急に……？」

庁内イントラネットのメール画面を見たまま、枕木が唸る。春明も分からないのだろう、不快そうに眉をひそめるだけで何も言わない。祈理が何も言えないでいると、ふいにノックの音が響き、ガチャリと事務室入口のドアが開いた。

「失礼するよ」

一本調子な声とともに入室したのは、背の高いスーツ姿の壮年男性である。後ろに撫で付けた黒い髪に、細く小さな目と彫りの深い顔。右手にはＡ４サイズ用の茶封筒を持ち、「環境福祉局局長」の肩書を記した名札を胸に提げている。今まさに話題にしていた人物の唐突な登場に、陰陽課の三人は揃って驚き、そして真っ先に春明が口を開いた。

「ちょうどいいところに来やがったな！　おい、こいつは一体――」

「落ち着いてください五行君。……何かご用でしょうか、磐蔵局長？」

激昂しかけた春明をさりげなく制し、枕木が席から立ち上がる。あくまで落ち着いた態度を貫く枕木を、磐蔵は感心するようにちらりと眺め、茶封筒から一枚の文書を取り出した。

「いきいき生活安全課宛に送信しておいた通達文について、公印入りの現物を持ってきた。その様子だともう内容は把握してくれたようだね。枕木君と火乃宮君の異動先については、今日の午前中に人事課から連絡が入るはずだから――」

「そうか！　てめえだな！」

磐蔵の淡々とした言葉に、唐突に春明の怒声が割り込んだ。殴り掛かりそうな勢いで局長に近づく春明を、祈理はとっさに止めていた。

「ちょ、落ち着いてください主任！　課長に言われたところじゃないですか！　大体、局長がどうしたんです？」

「分からねえのか？　おっさんを呪って脅して、異人同士を仲違《なかたが》いさせようとした犯人だよ！　どっかの異人かと思ってたが、違った！　お前なんだろう、ええ？」

自分を引き留めていた祈理の手を振り払い、春明がまっすぐ磐蔵を睨む。いきなりの告発に、祈理は思わず助言を求めて枕木を見たが、課長は黙して何も言わず、春明に見据えられた磐蔵も手を後ろで組んだまま無言を保っている。銀髪の公認陰陽師は尖った歯を噛み締めると、拳を握り締めて続けた。

「考えてみりゃ、筋は通るよな……？　市役所の局長なら別館には休日でも夜でも入り放題だから、屋上のプランターに呪詛玉を仕掛けるのは簡単だ。何が目的でどういう計画だったかは知らねえが、自分の仕掛けた呪いが失敗して、おまけに呪具まで見つけられたら、慌てるのは当然だよな？　調べが進んで自分の手が後ろに回る前に、先手を打って陰陽課を潰しに掛かったんだろう？　違うか？」

「なるほど面白い。良い推理だね」

　磐蔵が感心したように言い放つ。春明とは対照的なクールな応対に、祈理はぎょっと目を見開いた。

　……局長、否定しないんですか。

　祈理の心の中で声が響く。肯定こそしていないが、今の言い方と態度では、春明の考えを認めたのも同然だ。だとすれば、枕木課長を脅迫し、市内の異人の諍《いさか》いを煽ろうとしたのは、勢力拡大を目論む異人などではなく、磐蔵ということになるが……。

「そ、そうなんですか、局長？　どうしてそんなことを……？」

「そもそもは君がいけないのだよ、火乃宮君。慣例に凝り固まったこの課を混乱させて自壊させようと、頭が固そうな新人を送り込んだのに、君はすぐ取り込まれてしまった。だから私がこうして直に手を下さざるを得なくなったのだ。反省したまえ」

「……え？　ちょ、ちょっと待ってください局長。それが、わたしが陰陽課に配属された理由なんですか？　見鬼の資質のせいじゃなくて？」

「何の話だね？　あいにく、息のかかった部下でもいれば良かったんだが、何分私は仲間や身内というものとは無縁で、やむなく君を使ったわけだ。初日に穏仁にやられてくれれば、それだけで陰陽課を処分する理由になったんだが、それすらも失敗と来た」

「はい？　きょ、局長――」

「まさか――あの穏仁もてめえの差し金か！」

祈理が絶句するのと同時に、春明が蒼白な顔で叫ぶ。驚きましたね、と抑えた声を漏らしたのは枕木だ。

「となると、鬼族の惣領を襲ったのも局長なのではありませんか？」

「あいにく、言質を取らせるつもりはないよ」

「……その物言いですと、一連の事件が全て局長の手によるものだと認めたようにしか聞こえないのですが。そう解釈してよろしいのでしょうか」

「好きに判断したまえ。内心の自由まで侵すつもりはないからね。なお、先ほどからの私の発言は、あくまで仮定のものであり、何の証拠もないことを忘れないように」

「て……てめえ！」

「どうした？　ほら、殴りたいなら殴りたまえ。処分の口実が増えるだけの話だ」

　拳を握りしめて震える春明を、磐蔵が露骨に挑発する。祈理は思わず春明を押さえそうになったが、春明は自分から拳を静かに下ろした。その姿を見た磐蔵が「ほう」と細い眼を瞬いて驚く。

「おや、やらないのかい？　思っていたより自制心があるのだね。まあ、ともかく、いきいき生活安全課の処遇は通達の通りだ。速やかに撤収の準備を進めたまえ」

「申し訳ありませんが、その指示には従いかねます」

　磐蔵の簡潔な命令に即答したのは枕木だ。怒りと困惑に固まる二人の部下を一瞥すると、バーコード頭のベテラン管理職は直属の上役に向き直った。

「当課と公認陰陽師の五行君は、この街には必要です。公平な監視役であり唯一の実働要員である彼がいたからこそ、異能を備えた異人の方々は平穏を保ち、問題を起こさないでいてくれたのです。先日の穏仁の解放や鬼族の物領の襲撃事件で異人さん達の軋轢《あつれき》が深まりつつある状況で、公認陰陽師が不在になれば、千二百年以上保たれてきたバランスが崩れることになりますが——その状況を望まれるのでしょうか」

「論点をずらさないでくれたまえ、枕木君。私はね、規則の話をしているんだ」

「規則ですか」

「いかにも。先日、別件で過去の公認陰陽師のことを調べていたら、何と、彼らはみな同じ人物だったということが分かってね。市役所に残っている記録写真を見る限り、そこの五行春明なる人物は、少なくとも百年以上はその容姿のまま名を変えながら生きている。そんな人間がいるはずがない！　これはね、まぎれもなく妖怪の類《たぐい》、異人だよ。実に驚くべき、そして恥ずべきことだ」

「てめえ、何を白々しいことを……！　そんなもん、上層部なら百も承知のはずだろうが！　陰陽課を失くすってのがどういうことか本気で分かってるのか？　御霊委員会には図ったんだろうな？　市の重鎮どもにも――」

「なぜそんな面倒な根回しの必要があるんだね。私は私の権限で行えることをやったまで。五行君は明らかに異人であり、異人は公職に就くことができないという規則がある。であれば、どうすべきかは自明だろう？　『明文化された規則に基づき、私情に依って便宜を図ることなく、あくまで公平に行動する』のが我々公務員なのだから。そうだね、火乃宮君？」

「え――あ。それは……」

ふいに話を振られ、祈理は答えることができなかった。磐蔵が語ってみせたのは、市役所採用試験の最終面接や就職初日に祈理が語った理念そのものだったのだ。

無論、公平に規則を順守すべしという考え方は今も変わっていないし、春明の扱いを公然の秘密という名の例外のまま放置してきたやり方も問題だとは祈理も思っている。だが、だからと言って磐蔵のやり方が正しいとはとても思えない。枕木課長の言ったように、春明と陰陽課の存在意義は確かにあるのだ。

それに、ここまでの話を聞く限り、異人同士を仲違いさせようとしていた主犯は磐蔵としか思えない。だとしたら陰陽課として放置できないが、相手は命令権を有した直属の上役で、しかも明確な証拠もないわけで……。

思考がぐるぐると渦を巻き、口にするべき言葉も取るべき行動も定まらない。はいともいいえとも言えないまま口ごもる祈理を、磐蔵は冷たい視線で見据え、そして一同を見回して溜息を吐いた。

「実に非論理的な課だね、ここは。嘆かわしい。大体、平穏だのバランスだのを重視するならば、まず五行君の素性こそを問題にすべきだろう。君のような存在がそのポジションにいることが、そもそもバランスを崩す元だよ」

「何……？　まさか、お前――」

春明が短く息を呑む声が、事務室内に響いた。一瞬前まで猛《たけ》っていた体がぶるっと震え、怯えるように後退する。磐蔵の言葉と、そして春明の示した極端な狼狽《ろうばい》に祈理が驚くのと同時に、枕木が春明の前に割り込んで問う。

「局長は——彼の素性をご存知なのですか？」

「まあね」

けろりとした顔で言い放ち、磐蔵は再び春明を見た。細く小さな目が銀髪でガラの悪い陰陽師を射竦《いすく》め、抑揚のない声が発せられる。

「少し考えれば分かることじゃないか。白銀の髪を有し、獣のように荒っぽい性の異人などそういない。何より、陰陽術に長け、愚直なまでに京都の霊的治安を守り続けるその振る舞いが最大の証拠だ。そうなのだろう、公認陰陽師五行春明？　君の本当の名は、安倍——」

磐蔵の言葉をそこまで聞いた瞬間、やはり、と祈理は確信した。

安倍晴明、存命当時の呼び名は晴明《はるあきら》。

十二体の式神を操り、数多《あまた》の妖怪や怨霊を鎮めた、伝説的陰陽師。死後に神霊と化した彼こそが春明の正体なのだ——と。

だが、その予想は一瞬後に裏切られることになる。磐蔵の声に被せるように、春明当人がこう叫んだのだ。

「ああそうだ！　俺は安倍晴明の使役した式神――『白獣』だ！」

震えた声での絶叫が、いきいき生活安全課の事務室に響き渡った。

「……え？」

そうなんですか。神霊じゃなかったんですか。てか、安倍晴明じゃないんですか。

そんな思いを込めた祈理の声が微かに漏れる。だが、春明の顔は尋常ではなく青ざめており、枕木は悲痛な顔で息を呑んでいた。その二人の様相は、祈理に今の言葉が真実だと確信させるのには充分だった。

――晴明の使った十二神将のうち、西天の守護神で五行の金属性、吉凶の凶を司る神は何だ。

いつだったか、春明から投げかけられた――祈理が答えられずに春明を不機嫌にしてしまった質問が、祈理の脳裏に蘇る。

あれは自分のことを問うていたんだ、と祈理はハッと理解した。あの質問をしたのは、自分のことを知っていてほしかったからではないのか。そして不機嫌になったのは、期待外れだったから……？　陰陽道に長けているくせに式神を使わないのも、その理由を問われた時に答を濁したのも、そういうことなら納得がいくが……。

「じゃ、じゃあ……主任は、式神……？」

「……まあな。平安の御世に安倍晴明公に勧請され、一条戻橋の――つまり、お前と最初に出会ったあの場所に居着かされて、その後は京を護るよう言いつけられた十二神将の最後の一柱だ。……驚いたか？」

「そ、それは……納得しつつもびっくりと言うか……って、そんなことより、何で自分から言っちゃったんですか？　秘密にしてたんでしょう？」

「一昨日に約束しただろうが。俺から言うと」

ぼそりと言い放たれたその一言に、祈理は思わず目を瞬き、絶句した。そんな律儀な人だったんですか、主任。祈理は視線で尋ねたが、春明は応じることなく磐蔵を睨み、青ざめたまま口を開く。

「お前、なぜそんなことまで知っている？」

「推理したのだと言いたいがね、単に知っていたのだよ。さて、話を戻そう。式神というのは、神は神でも最下級。使役される存在というのは、古今東西格も地位も低いものだからね。陰陽術の知識を陰陽師に授けたのはそもそも式神だから、術のスキルはあるんだろうが、低級なのは変わりない。主体性と自意識を重んじる異人社会においては、自然現象に近い百鬼夜行や、衝動しか持たない穏仁以下の扱いだ」

「てめえ……何が言いたいんだ？」

「私がこのことを異人達に明かすだけで、君の存在意義はあっけなく消失するという話だよ。とっくに亡くなった主人の命令で千年以上も京都の町を守ってきたのは立派と言えば立派だが、見方を変えれば間抜けで愚直。躾けられた犬と同じだ」

「き――貴様あッ！」

「甲上玉女来護我身無令百鬼《こうじようぎよくじよきたりてわれをむれいひやつきよりまもれ》！　屈服せよ、急急如律令《きゆうきゆうによりつりよう》！」

憤った春明は磐蔵に摑みかかったが、同時に磐蔵が早口で何かを叫んだ。瞬間、床を蹴ろうとしていた春明の体はぴたりと静止し――祈理にとっては信じがたいことに――慇懃《いんぎん》に正座し、あまつさえ磐蔵に頭を下げた。ぶるぶると震えながら礼をする春明の後ろ姿に、祈理は戸惑い、助けを乞うように枕木を見ていた。

「しゅ、主任……？　課長、どういうことですか、これ……？」

「……局長が詠唱《えいしよう》したのは、玉女神の力を借りて鬼神を従える祭文《さいもん》です。玉女神は式神の召喚と契約を司る神ですから、五行君はあれに逆らえません」

「そういうことだ。見様見真似《みようみまね》の素人祭文だから、全盛期の君なら弾くこともできたろうが、存外によく効いた。素性を隠していた鬼神や妖怪は正体を暴かれると弱体化すると聞いていたが、本当だね。長らく放置されて弱っていたせいもあるのかな」

枕木の説明を受けた磐蔵が、後ろで手を組んだまま春明に視線を向ける。冷ややかな目で後頭部を見下ろされ、春明は土下座に近い姿勢のまま屈辱に震えた。

「くそったれが……！　てめえ、覚えてろよ！」

「口が悪いよ。身の程を知りたまえ。しばらくそのまま放置しようか？　『私は下賤《げせん》な式神です』と書いた札でも持たせて三条大橋に立たせてもいいんだよ」

「やめてください、局長！　やりすぎです！」

「私は規則を破って公職に就いていた異人を罰しているだけだ。規則は常に守られねばならない。火乃宮君の信条ではなかったのかね？」

見かねて口を挟んだ祈理に、磐蔵の冷たい言葉が突き刺さる。

いや、ですから、それは――。

とっさに反論できず押し黙ってしまう祈理。その姿を磐蔵はつまらなさそうに眺めると、枕木と春明を見回し、「話は以上だ」と言い切った。あくまで冷たく平坦で、それでいて確かに嗜虐《しぎやく》性に富んだ声が、陰陽課の事務室に染み入っていく。

「せめてもの情けとして、異人達に五行君の素性は明かさないでおいてあげよう。では諸君、撤収の準備をしたまえ」

☆☆☆

かくして春明が解任され、陰陽課が解散となった、その翌週の夜である。

仕事を終えて寮に向かう道すがら、祈理は小さな溜息を吐いていた。

「……はふ」

祈理が改めて配属された先は、市役所本館の総務課だった。年度途中の妙なタイミングでの異動なので、研修もなくいきなり実務を担当させられているが、いきいき生活安全課で枕木に事務の基礎を習っていたおかげで、今のところは特に苦労はなかった。

枕木課長は上京区の区役所へ異動となり、解職された春明は寮に籠《こ》もったままだ。春明がどうしているか不安ではあるのだが、どう声を掛けていいのか分からない上、毎日忙しかったこともあり、陰陽課解散以来、祈理は春明の顔を見ていなかった。

そろそろ慣れてきた本館からの帰り道を歩きながら、祈理はぼんやり考える。総務課は入庁前に想定していた通りの「いわゆる公務員らしい職場」で、不真面目で適当な公認陰陽師に呆れたり妖怪に怯えたりしていた日々とは雲泥の差だ。そもそもは、こういうのを期待していたはずなのである。にもかかわらず、もやもやした気持ちが拭いきれないままなのはなぜだろう。

「すっきりできない……」

誰に言うともなく独り言をつぶやく。職場環境にも仕事の内容にも不満はない。忙しいし帰りも遅いが、きびきびした雰囲気は生真面目な祈理にとって居心地が良い。だとすれば、この鬱屈《うっくつ》は——と、そこまで考えた時だった。

「……あれ？」

いつの間にか見知らぬ通りを歩いていることに、祈理は気付いた。

間違いなく、烏丸通《からすまどおり》を——何車線もある広い道路の両脇に大きなビルが並ぶ道を、北に向かっていたはずだ。なのに、いつの間にか祈理は、石畳の敷かれた細い路地に立っていた。

和菓子屋や呉服屋、茶店などが軒を並べる、和風でノスタルジックな通りである。光源はクラシカルなガス灯だけで、しかも路地全域に薄いもやが掛かっているので見通しは恐ろしく悪い。どこからか川の音が聞こえるが、遠いのか近いのかよく分からず、人通りはないのだが人の気配は漂っている。

「何これ？　あ、もしかして——」

一瞬困惑した後、祈理はハッと口を押さえた。この空間に満ちた不思議な感覚には覚えがある。陰陽課に初出勤し、春明に連れられて挨拶回りをした日、昼食を摂ったお店で見せられた幻覚を思い出したのだ。

「ということは、これは……」

「やあ。おこんばんは」

祈理が訝るのと同時に、聞き覚えのある声が投げかけられた。

声の方向に顔を向ければ、いつからそこにいたのか、道端の茶店の前に設けられた縁台に和服の男が腰掛けていた。朱塗りの和傘がパラソルのように掲げられているので顔は見えなかったが、若旦那風の着こなしと柔らかい声だけで、判断材料としては充分だった。京都の狐族の惣領、天全である。

「お仕事お疲れ様です、祈理ちゃん」

「お疲れ様です。やっぱり天全さんの仕業でしたか」

生真面目に挨拶を返し、祈理は天全に歩み寄る。湯呑を手にした妖狐の周りには、影のようなものが幾つか――いや、何人か漂っていたが、祈理が近づくと、それらはこそこそと姿を消してしまった。去り際に「頼むよ」「顔馴染みなんだろ」「任せたからな」などと言っていたようにも思えたが、祈理の耳でははっきり聞き取ることはできなかった。最後に、天全の肩に留まっていた小さな雀が心配そうに飛び去り、祈理と天全だけが残された。

「あれ。今の雀って、確か京都御苑の……？」

「おや、入内雀をご存知で」

「ええ。以前お見かけしたことがあって——。それより、どうされたんです？　これって、前の時みたいな幻覚なんですよね」

「んー、あれとは違います。前のは僕が見せた単なる幻やったけど、ここは異人なら誰でも使う裏通り。どこにでも通じてる魔法の道で、異人同士の会合や宴会で使う場所や。勝手にお呼び立てしたのは悪かったけど、聞いて貰いたいことがありましてな。……ちょっとだけ、付き合うて貰えへんやろか」

湯呑を縁台の茶托《ちゃたく》に置き、天全が祈理を見上げて問う。和傘の下から現れた親しげな笑顔を見るなり、祈理は小さく息を呑んでいた。

表情や外見はいつもの天全なのに、あの人を食ったような余裕が全く感じられなかったのだ。心なしか顔色も良くないし、悲痛で疲れたムードは隠せてもいない。今まで何度誘われても断っていた祈理だったが、あからさまに弱った妖狐の姿を見せつけられ、気付けばこくりと首を縦に振っていた。

「わたしで良ければ……。と言うか、どうなさったんですか？」

「せっかちやなあ。それを今から話すんやがな」


「実際、陰陽課がなくなると困るんや。どうにかならんかな」

祈理が隣に座るなり、天全は前置きもそこそこに切り出した。

曰《いわ》く、公認陰陽師と陰陽課の廃止は、異人にしてみれば、警察と裁判所がいきなりなくなったのに等しい。だからと言って誰もが犯罪に走ったりするわけではないけれど、いざという時に頼れる公平な部署の不在は不安を招き、不安は疑心暗鬼を、疑心暗鬼はストレスを呼ぶ。勢力を広げたい輩はこの期に乗じて何かやらかすだろうし、のんびり暮らしていたいだけの大多数の異人にとってはたまったものではないのだ——

と、天全はやつれた声で祈理に語った。

「僕ら狐は、頭数こそ多いさかい、三大勢力の一つに数えてもろてるけどな。勝手な連中ばっかりで、天狗さんや鬼さんほどがっちりした集まりやない。せやから、別の種族のお方からも色んな話を聞けるんや。後ろ盾も仲間も少ない異人さんは、そらもう気を揉んではる。ああいう人らは心配しいやからな」

「へえ……。あっ、もしかしてそれって、さっき天全さんの周りにいた薄い人達のことですか？　頼むよとか何とか言ってた」

「何や。祈理ちゃん、あの連中が見えたんかいな」

「わたし、見鬼って体質だそうですから」

きょとんと驚く天全に言葉を返すと、祈理は膝の上で指を組んで考えた。いつの間にか縁台には祈理の分のお茶と、それに紫陽花《あじさい》をあしらった葛餅《くずもち》が用意されていたが、手を付ける気にはなれなかった。

陰陽課の解散は、異人たちにとって大ダメージであり、実際問題困っている。予想は付いていたが直視していなかったその事実を突き付けられ、祈理は返す言葉を見つけられなかった。

天全は軽い口調を保っていたが、弱っているのは明らかだ。陽気だった妖狐のそんな姿に、そして彼に相談を持ち掛けたであろう多くの異人達の存在に、祈理の胸が激しく痛む。彼らがこんな風になったのは、わたし達が——わたしが陰陽課の廃止を止められなかったから。こみ上げる申し訳なさに息が詰まり、頭がみしみしと痛み始める。でも、だったらどうすれば？　今のわたしに何ができる——？

口をつぐんだまま思案し、何も思いつかずに絶望する。そのサイクルを繰り返して重たい沈黙を保つこと数分間、黙っていた天全がふいに明るい声を発した。

「ごめんな！　僕が悪かったわ」

「え？　急にどうしたんです」

「その顔で分かったわ。どうしようもあらへんのやろ？　おおきにな」

「いや、そんなことは――」

「無理せんといてえな」

慌てて反論しようとした祈理に、天全は人好きのする笑みを向けた。空元気を振り絞ったような陽気な笑顔で、若旦那風の妖狐は大きく首を左右に振った。

「そもそも祈理ちゃんに相談してもしゃあないもんなあ。ほんまごめん。あの陰陽屋は電話しても出よらんし、枕木のおっちゃんは新しい部署で忙しそうやったもんで、つい話しやすい祈理ちゃんに甘えてしもた。追い詰められたら藁《わら》にも縋《すが》ってみとうなるっちゅうのは、ほんまなんやなあ……。情けないこっちゃ」

「情けないなんて……実際、こうなった原因はわたしにもあるんですから。今、説明しましたよね？　陰陽課が解散した時、わたしは何もできなくて――」

「それは抱え込み過ぎやで。祈理ちゃんはもう陰陽課やないんやろ？　異動する度《たび》に前の部署の問題引き摺《ず》ってたら、人間、長く保《も》たへんで。第一、悪いのは祈理ちゃんやのうて、磐蔵はんやがな」

祈理の謝罪を長口上《ながこうじょう》で遮ると、天全は腕を組み、自分の言葉にうなずいた。話題とムードを切り替えたいのだろう、大仰に首を捻った天全は、葛餅を一つ小さな口へと放り込んで先を続ける。

「噂は色々聞いてるで。この際、建前はすっ飛ばして聞くけどな。穏仁の解放も賽はんの襲撃も、枕木はんを呪わせたのも、全部その磐蔵なんやろ？」

「それは——間違いなくそうだと思います。……ただ、証拠は全然ないんですが」

「まあ、あったらそんなバレバレの態度は取らんやろうしなあ。大体、証拠があったとしても、もう申し出るところはあらへん。僕ら妖怪が訴え出る機関言うたら、陰陽課だけやったからな」

「あ、そっか。そこが解散させられちゃったから……！　す、すみません……」

「せやから謝ることはあらへんて。ほら、せっかくの新茶が冷めるで」

思わず頭を下げた祈理に、天全が茶托をそっと差し出す。祈理がついそれを受け取ると、天全は満足そうににまっと微笑み、またも深刻な顔に戻った。

「しかし磐蔵はん、何者で、何がしたいお人なんやろなあ……。呪詛玉仕掛けるような腕を持ってるのもあれやけど、賽を闇討ちして昏倒させるて、それなりに名のある異人でも難しいで。普通の人なんやろ？」

「だと思います。課が解散になった後に調べましたが、経歴もしっかりしてました」

「ほな、その手の術に長けた物好きか……？　で、もう一つ分からんのがな、そこまで手練れのくせに、ダイレクトに手を下さんところや。穏仁を解放する意味も分からんし、賽に恨みがあるなら止め刺すやろ？　何が目的なんやろなあ」

「異人同士をいがみ合わせたいんじゃないんですか？　課長を脅迫した時、そう言ってたらしいですし」

「せやからその動機やがな。種族同士のギスギス感は、確かにかなり強うなっとる。でも、何でそんなことしたいんや」

「そこなんですよね……。何か得があるとも思えませんし」

うーむ、という唸り声が二つ重なって異人専用の裏通りに響く。二人はそのましばらく首を捻っていたが、ややあって天全が祈理を見つめて声を発した。

「なあ。ものは相談なんやけどな、駆け落ちせえへん？」

「……はい？」

唐突な申し出にきょとんと驚く祈理である。その顔をまっすぐ見据え、湯呑を持ったままの手を取ると、天全は開き直った態度で言葉を重ねた。

「考えてたら、もう色々投げ出しとうなってきた。かと言うて、一人で行くのも寂しいがな。幸い僕には長年掛けて培った偽造のテクニックがあるさかい、どこに行っても食うていけるで。どないや？」

「そ、そういうのは駄目だと思います……！　大体、天全さんとわたしとじゃ種族が違う——って、狐と人間が結ばれたケースはあったんでしたっけ」

赤い顔で首を横に振った直後、祈理は思い出して付け足した。人と狐の結婚については、天全に初めて会った日に聞かされて、その後、陰陽課の報告書でも読んだのだ。確か大正九年の十二月の事例ですよね、と続ければ、今度は天全が驚いた。

「よう覚えてるなあ……。あの子は凄い、あの分厚うて附則だらけの例規集を読みこなしたと枕木はんが言うてはったけど、あれはほんまかいな」

「まあ一応」

「さすが祈理ちゃんや。そんな真面目で賢いところがまた愛《いと》おしいわ。というわけで、どないやろ。二人で逃げへん？」

「はい？　い、いや、それは……」

手を握られたまま問いかけられ、祈理はつい視線を逸らした。天全は好感の持てる異人だが、一緒に逃げる気にはなれない。しかし当人が真面目に言っているのなら適当にあしらうわけにもいかないし。困惑した祈理が言葉を濁していると、天全はふいに申し訳なさそうな笑みを浮かべ、手を放した。

「冗談や」

「え？　冗談って――」

「ちょっとした冗談のつもりやったんやけど、まさかそんな悩んでくれるとは思わへんかった。困らせてしもて堪忍な。街から逃げとうなったのは確かやけど、さすがにそれはやらへんで」

目を丸くする祈理に向かって、天全がおっとりと微笑みかける。若旦那風の妖狐は、よし、と一度うなずくと、溜息とともに再度口を開いた。

「こうなったら、腹くくってできることからやるしかないわな。とりあえず僕は、短慮な異人がおかしな気を起こさんよう抑えてみるわ」

「抑えてみるって――できるんですか、そんなこと」

「僕は狐やで？　狐には天狗ほどの力もないし、鬼さんみたいな団結力もない。せやけどな、騙してすかして言いくるめて、絵図面通りに丸く収めるのは、京の狐の大得意のやり方や。千二百越しの調整力を舐めたらあかんで」

「そ、それじゃあ……！」

「まあ、駄目になるのも時間の問題やとは思うけどな」

祈理がちょっと期待した矢先、いきなり自己否定する天全である。そう言われてしまうと祈理には返す言葉もなかった。

やはり磐蔵の思うままになってしまうのだろうか。そう思うと、どんどん気が重くなる一方だ。押しつぶされそうになりながら祈理が深刻な顔で湯呑を掴んでいると、天全が意外そうに首を傾げた。

「しかしあれやな。祈理ちゃんも大概おかしいな」

「おかしいって……顔に何か付いてます？」

「違う違う。まあ今日はしょんぼりしてるさかい魅力三割減やけどな、見てくれはいつも通りの祈理ちゃんやで。僕が言いたいのは、そこまで気に病むことでもあらへんやろ、っちゅうことや」

「……はい？　どうしてです？」

「何でそんな意外な顔やねん。ええか？　異人界隈《かいわい》が殺伐《さつばつ》として喧嘩になって、うっかり怪我人や死人が出たところで、祈理ちゃんにはもう関係あらへんやろ」

「もう陰陽課の職員じゃないからってことですか……？」

「御名答。相談持ちかけた側が言うのもなんやけど、そない深刻になる意味がわからへん。さっきも言うたように、抱え込みすぎやで？　せっかく真っ当な部署に行ったんやさかい、この際、妖怪のことなんぞすっぱり忘れて割り切って、一市役所職員として清く正しく美しく――」

「そんな風には割り切れません」

優しく響く天全の声を、祈理は思わず打ち消していた。自分の言葉を補強するように首をきっぱり横に振り、祈理は天全を見据えて続けた。

「公務員は全体の奉仕者なんですよ？　異人さん達も含めたみんなのために働く仕事のはずなんです。なのに、天全さん達が困ってるのに無視するなんてできません。それに、主任を――あの人を、こんな風に終わらせるのは嫌ですし、駄目だとも思いますし……。千二百年もこの街に尽くしてきたのに……」

「千二百年？　なんか具体的やけど、もしかして五行はんの素性知ってはる？」

「え？　あ、いや、それは」

「訳ありっぽい反応やなあ。ま、追及するのはやめときましょか」

「あ、ありがとうございます……。ええと、ですから、せめて主任だけでも復帰させたいんですよ。ずっと平穏が保たれてきた状況を引っ掻き回そうとする磐蔵局長も、意図は分かりませんが、許せませんし……。正直、主任や異人さんみたいな力が使えればいいのにって思います。そうだったらわたしが直接」

「はいダウト。そら心得違いやで」

今度は天全が祈理を遮る番だった。唐突な鋭い一声に、目を丸くする祈理。その視線の先で、年齢不詳の妖狐は程よく冷めたお茶を上品に味わった後、優しく微笑んでゆっくりと首を左右に振った。

「途中まではカッコ良かったけどなあ、オチがいただけませんな。向こうが乱暴で非道やさかい、こっちも力任せで応じるて、それはあまりに無粋というもんや。この街の道理から外れるし、何より僕が祈理ちゃんにそんなことしてほしゅうない」

「してほしくないって、それは天全さんの勝手で――」

「僕が僕の思いを喋ってるんやさかい、勝手なのは当然やがな。……なあ祈理ちゃん、さっき僕は狐のやり方の話をしたけどな、祈理ちゃんは異人でも狐でものうて、人間でお役所の職員さんや」

「え？　ええ、まあ……そうですが」

「せやろ？　狐に狐のやり方があるみたいに、役所の人には役所の人なりのやり方があるんと違うかな？　焦ったらあかんで」

諭すような天全の声が、すぐ隣から祈理に届く。からかうような軽い口調だったが、真摯な思いやりは確かに伝わった。極端な方向に行ってしまいそうだった自分を、この人は――いや、この狐は、止めようとしてくれている。自分達こそ大変なのに。ありがたさと情けなさに絶句する祈理の隣で、天全はさらに言葉を紡《つむ》ぐ。

「まあ、思てるほど悪いことになるとは限らんし、後は自分らでどうにかするしかあらへんな。勝手なことばっかり言うけど、もう異人のことは忘れてしもてえな」

「だから、できませんってば。どうしてそんなことばっかり言うんです？」

「僕らは所詮《しょせん》時代遅れの化けもんやさかいな。人様のお役所におんぶにだっこで生きてきたのが、そもそも間違いやったんかもしれん。名残《なごり》は惜しいけども、祈理ちゃんみたいな人が気遣ってくれただけで、僕はもう充分やで」

穏やかな声でそう語ると、若旦那風の妖狐は最後に祈理に向き直り、「おおきにな」と優しく微笑んだ。その瞬間、天全の姿がふと小さな狐に見えて、祈理は思わず目を見開いていた。

「……え？」

ほんの一瞬だけだったが、狐だった――と祈理は確信していた。

柴犬《しばいぬ》よりも小さく細い体に、金色のふさふさした毛並と尻尾、そして精悍ながら人懐こい顔つき。今のは間違いなく狐だった。おそらく天全の本性だろう。それが見えた理由は、見鬼の力のせいか、あるいは天全の術が弱った……？　訝る祈理を、天全は不思議そうに見返したが、すぐに笑顔に戻って立ち上がった。

「今日はおおきに。ほな、仕事、きばってな」

「え？　いや、まだ――」

聞きたいことも相談したいこともあるのに。

そう続けようとした祈理は、いつの間にか自分が烏丸通の歩道に立っていたことに気が付いた。とっさに周囲を見回したが、あの裏通りの風景や妖狐の姿はどこにも見当たらない。ビルの間の道路を行き交う車の音を聞きながら、祈理は一瞬呆然とし――

そして、小さくうなずいた。

やっぱりこのままじゃ駄目だ、と心の中で声が響く。

それからしばらくの間、祈理は歩道で立ったまま考えていたが、ややあって意を決したようにうなずき、確かな足取りで歩き出した。

☆☆☆

その夜。元土御門町にひっそり佇む京都市職員寮の二号室の戸を、何者かがノックした。続いて、はきはきとした声が板戸越しに響く。

「夜分遅く失礼します。火乃宮ですが、主任、いらっしゃいますか？」

聞き飽きた――そしてここしばらくはご無沙汰だったその声に、室内の春明はちらりと戸に目を向けた。短い銀の髪、埃《ほこり》一つ付いていないストライプの入ったスーツ、赤いシャツに白のネクタイ。いつもと同じ姿である。クビになった今、スーツ姿でいる意味もないのだが、姿を変えるような術ももはや使えないのだから仕方ない。春明は、赤と白と黒――かつての主《あるじ》、安倍晴明のシンボルカラーで彩られた自分の体を見下ろすと、少しだけ逡巡し、億劫そうに立ち上がった。鍵を掛けていない戸を開ければ、玄関口に立っていた祈理が頭を下げた。

「こんばんは。夜分遅くすみません、主任」

「それはもう聞いたし、俺はもう主任じゃない」

「じゃあ、白獣さんとお呼びしましょうか」

「それも嫌だな。昔の主を思い出しちまう」

「だったら、主任と呼ばせていただきます。お話ししたいことがあるのですが、今よろしいですか？」

バッグを手にした祈理が、春明をまっすぐ見つめて告げる。

黒のビジネススーツに白のブラウス、アップにした髪に生真面目そうな眼鏡と視線。

見慣れていたはずの元部下の姿は、今の春明にとっては妙に新鮮でまぶしく見えた。思わず一秒ほど見入った後、春明はふと我に返り、がりがりと頭を掻いて言った。

「何だか分からんが……立ち話でもないだろう。入れ」

「お邪魔してもいいんですか？」

「ああ。何もないがな」

ぶっきらぼうに言い放った春明が、自室の奥へと戻っていく。祈理は「失礼します」と一声掛けて春明に続き――そして、室内へ入った瞬間、絶句して立ち止まっていた。

間取りは祈理の部屋と同じである。玄関を一段上がると台所と流し台を備えた板の間で、洗面所と風呂とトイレはその右手。正面には曇りガラスの嵌まった戸があって、その奥は畳敷きの六畳間。隣室で暮らす祈理にとっては、よく見知った構造だ。

にもかかわらず、この部屋にはあまりにも生活感がなかった。

冷蔵庫も洗濯機も掃除機も、生活に不可欠なはずの道具や家具が何もない。それは奥の和室も同様で、陰陽道の儀式に使うものなのか、筆や和紙などが収められた木箱と、後は本棚が一つあるだけだ。開け放たれた押入れは空っぽで、卓袱台《ちゃぶだい》には蓋の開いたウイスキーの瓶が無造作に置かれているのみ。

自分の部屋と同じ広さとは思えないほどだだっ広くて寂しい空間を前に、祈理はしばし呆然とした。「何もない」と言っていたが……何もなさすぎだろう、ここ。

と、その反応に気付いたのか、春明は自虐的に肩をすくめた。

「驚いたか？　式神ってのは、契約と命令を糧《かて》にして動く、一種の人形だからな。飲み食いもしないから、屋根があれば充分なんだ。おかげで引っ越しも楽だ」

「引っ越し？　主任、寮を出られるんですか？」

「公職をクビになった人間――いや、式神が、いつまでも職員寮にいられるわけがないだろう。今月末までに立ち退けと通知があった」

どこに行くつもりなのかは口にせず、春明は卓袱台の脇にどかりと座る。祈理は「はあ」と間抜けな相槌を打つと、直立したまま六畳間を再度見回した。

剝き出しの土壁、何も入っていない押入れ、色褪せたカーテン。意外に掃除は丁寧にしているようで、埃や汚れはまるでない。本棚に目をやれば、鮮やかな表紙の旅行記や写真集、それに鳥の彫刻やぬいぐるみなどが並んでいる。その一角だけは華やかだったが、かえって全体の寂しさを強調しているようにしか見えなかった。

「あの、聞いていいですか？　どうして旅行記と鳥なんです……？」

「興味本位の気晴らしだよ。俺は京を護るよう命じられた式神で、この街に括《くく》られているから外に出られねえ。となれば外の世界を知りたくもなるし、自由に飛べる鳥に憧れもする」

情けない話だろ、と言い足すと、春明はウイスキーの瓶を摑み、直接口を付けてぐいっとあおった。自嘲気味に告げられた言葉と、やさぐれきった態度に、祈理は何も言い返せなかった。

わたしは、この人のことを何も分かっていなかった。

静かな声が祈理の胸中で響く。この街を護るよう命じられ、ここに居続けてきた春明にとって、公認陰陽師の仕事は生きがいであり存在意義だったのだろう。そんな彼が使命を奪われて放り出されたのだから、それはどれほど辛いことか……。

「いつまで突っ立ってるんだ。適当に座れ」

「え？　あ、はい。すみません」

呆れた春明に促され、祈理はようやく腰を下ろした。バッグを置いて正座すれば、春明は瓶を卓袱台に置き、眩《まぶ》しそうな目を祈理に向けた。

「新しい職場は総務課だったか？　枕木のおっさんは上京区の区役所で忙しくしてるらしいが、そっちはどうだ」

「皆さんよくしてくださいますが、仕事を覚えるのは大変ですね」

「慣れるまでの辛抱だな。まあ、お前もおっさんも、自由で自立した人間だ。命令に従うだけの使役神とは違うんだから、すぐに順応するだろうよ」

卓袱台に片肘を突いて猫背になった春明が、ひねた口調で言い放つ。銀の髪も悪い目つきも尖った歯も、何も変わっていなかったが、いつも感じていた迫力はまるでない。そのことをひどく寂しく感じながら、祈理はまっすぐ春明を見返した。

「そんな言い方はやめてください。不適当で不謹慎です」

「ああん？　何がだよ」

「主任がご自分を不当に評価されていることです」

背筋をまっすぐ伸ばし、祈理がきっぱり言い放つ。それを聞いた春明は、意外そうに目を瞬き、少しだけ体を起こした。そんな元上司を前に、祈理は続ける。

「命令に従うだけとか、そんな風に言うべきではないと思います。主任はこの街と、そこに暮らす人達が好きだから、公認陰陽師を続けてこられたんじゃないんですか？　主任の仕事を見ていれば、それくらいは分かります。主任は一生懸命、街と異人の皆さんに尽くしているように見えました。確かに、勤務態度に問題はありましたし、もう少し礼儀をわきまえられるべきだと思ったことも少なくないですが――」

「……何しに来たんだ、お前。俺に説教しにきたのか？　あれか、倒れた相手の傷口に塩を塗るタイプか。だったら間に合ってるぞ」

「え？　い、いえいえ違います！　すみません、つい話がずれてしまって……えーとですね、命令に従うだけって言うならわたしだって同じですよ、って言いたかったんです。と言うか、組織で働く人って基本みんなそうですよね？　ですけど、嫌な命令には嫌だって言う権利はありますし、それが聞き入れられなかったら、辞めるっていう選択肢も取れます。主任が最初にわたしに言ったように」

「……話が見えねえな。要するに何だ」

「わたしが辞めないのは、市役所職員の――公務員の仕事はやっぱり有意義で必要だと思うからです。主任もそうだったんじゃないんですか？」

「……何？」

「だってそうでしょう？　ただ命令だから公認陰陽師を続けてたのなら、手を抜いてもいいはずです。それを命じた人はもう千年以上も前にいなくなってるんですから。なのに主任がそうしなかったのは――」

「いい加減にしろ！」

ふいに春明が声を荒げ、祈理の弁舌を断ち切った。祈理が押し黙るのと同時に、春明は畳を見つめて「いい加減にしろ」と繰り返し、祈理に向かって身を乗り出した。

「黙って聞いてりゃべらべらと……。分かったようなことを言うんじゃねえ……！　お前に何が分かるってんだ？　ええ？」

目を血走らせながら、春明が祈理にじりじりと詰め寄る。祈理は思わず身を引きそうになったが、すかさず自分を制して押し留まった。正座し、背筋をまっすぐ伸ばしたまま、息を呑んで春明を見返す。

至近距離まで近づいた春明の顔は、やさぐれているにも関わらず、肌が全く荒れていなかった。薄い色素は前と同じで、酒臭くも汗臭くもなく、川を思わせる清浄な空気がうっすらと全身を取り巻いている。

……ああ、やっぱりこの人は人間じゃないんだな。

ふいにそう実感した祈理の眼前で、春明はどんと畳を叩いて言葉を重ねた。

「お前は何も分かっちゃいねえ。使役神ってのはな、そういうもんなんだよ。術者の勧請で顕現《けんげん》し、与えられた契約と命令を糧に、指示通りに動くのが使役神で式神だ。力が尽きて消えるか、新しい主人と契約するまでずっとそれが続くんだよ。実際、俺以外の十二神将は皆、千二百年の間に消えちまって、残ったのは俺だけだ。そんな俺に、お前は――」

「――今日。仕事が終わった後に天全さんに会ってきました！」

「分かったような口を……何？」

ふいに別の話題を持ち出され、春明がきょとんと眉をひそめて黙り込む。その隙を突くように、祈理は顔を突き出した。もう鼻と鼻が触れそうだが、ここで引いたら負けだ。何がどう負けなのかは分からないけれど。

「市内の異人にとって、独立した公平な機関である陰陽課と公認陰陽師は必要だと、天全さんは言ってました。わたしもそう思います。主任は違うんですか？」

「何？　いや、そりゃあ――ま、まあ、思うが」

祈理の迫力に気圧されたのか、勢いを失った春明がおずおずと首肯する。やや落ち着いた春明は、決まり悪そうに身を引いて姿勢を正すと、怪訝《けげん》な顔で言い足した。

「思うには思うが、それだけだ。打てる手があれば打ってるがな、磐蔵の野郎の武器は、俺が異人で式神だって事実なんだぞ？　これぱっかりはどうしようもねえ」

「じゃあ主任が異人でなくなればいいわけですよね」

春明の陰気な声に、祈理が即座に切り返す。その挑発的でやる気に満ちた一言に、春明は首を傾げて祈理を見据えた。

「……どういうことだ？　つうかお前、本当に何しに来たんだ……？」

「ここからが本題なんですよ」

そう言うなり、祈理は春明との距離をずいっと詰めた。不審げに見つめる春明の眼前で、祈理の眼鏡のフレームが蛍光灯を反射し、不敵に光った。

☆☆☆

「磐蔵局長。お話があります」

数日後の朝、北野天満宮。石造りの大鳥居からなだらかに延びる長い参道の一角、大きく枝を張りだした松の木の下で、祈理は磐蔵を呼び止めた。

ビジネススーツ姿でバッグを提げた祈理の傍らには、市役所から追い払ったはずの春明が不機嫌な顔で付き添っている。元陰陽課の二人の姿を見て、磐蔵は怪訝そうに眉をひそめた。仕事用のスーツを纏っているが、出勤前なので名札はない。

「どうして私がここにいると知っているのかね？」

「職員名簿で調べたご自宅を訪ねたら、奥様にこちらと言われましたので。毎朝、出勤前に欠かさず北野天満宮に参拝されていると」

「ああ。七年前、私はこの近くで車で事故を起こしてね。幸い一命を取りとめたんだが、それ以来、信心深くなってしまって……それにしても、自宅まで押しかけてくるとは君も非常識だな。隣の元公認陰陽師の乱暴さがうつったのかね？」

「んだとこの野郎？」

「黙りたまえ。それで火乃宮君、何の用だね。今から出勤なので、あまり時間もないんだが。君もそうではないのかね？」

「単刀直入に申し上げます。陰陽課を――いきいき生活安全課の体制を元に戻してください。そして五行主任の公認陰陽師への復帰もお願いします」

磐蔵の問いに答える代わりに、祈理は力強く言い切り、そして深々と頭を下げた。その堂々とした姿勢を前に、磐蔵は「ほう」と一声唸り、やれやれと言いたげに肩をすくめた。

「君も随分としつこいね。当人を連れてきたところで結論は変わらないし、変えるつもりもないんだが――ここでは何だな」

そう言うと、磐蔵は参道を行き交う参拝客を軽く見回した。

学問の神として知られる菅原道真《すがわらみちざね》を祀る北野天満宮は、京都の有名な観光地の一つであり、受験シーズン以外でも客が絶えることはない。ここで異人や陰陽課についての話をするべきではないと判断したのだろう、磐蔵は「付いてきたまえ」と祈理達に告げ、先に立って歩き出す。祈理は春明と顔を見合わせてうなずき合うと、バッグをしっかり掴んで後に続いた。

　磐蔵が二人を連れて向かった先は、天満宮の本堂の裏手に設けられた、横長の社《やしろ》の前だった。小さな神社が幾つも連なったようなその社と、雄大な本堂の間の通路のような場所である。磐蔵は人気がないのを確認し、足を止めて二人に向き直った。

「時間もないので手短に済ませよう。火乃宮君の頼みが聞き入れられることはない。いいね？」

「待ってください。今回は――」

「くどい。結論はもう出ている。五行春明は式神であり、式神は使役神で、使役神は異人法第二条に定められた異人の一種。『この規則において「異人」とは、生来の妖怪、変化――経立と付喪神を含む――、鬼神、精霊、神霊、怨霊、術式に依って勧請または形成された使役神をいう』だ。そうだね『白獣』？」

「その名前で俺を呼ぶんじゃねえ！　そう呼んでいいのは主だけって、こっちは平安の御世から決めてんだ。大体、人のことばっかり言いやがるが、穏仁を解放して賽を襲って枕木のおっさんを呪った野郎に言われる筋合いはねえぞ……！」

「それは君の推測だ。何か証拠があるのかね？　ないだろう？　よろしい、では話を戻そう。君は式神で、式神は異人。そして異人は公職には就けない。ああ、慣例がどうとか千二百年続いた公然の秘密とか、そういう曖昧な話は聞くつもりはないのでそのつもりで。公的機関の在り様や振る舞いは、全て明文化された規則によって説明可能でなければならないのだからね。そうだろう、火乃宮君？」

「……そこについては同感です」

一瞬迷った後、祈理は小さくうなずいた。陰陽課や春明への処遇の是非とは別にして、それは確かにその通りだと思うし、突っ込んで議論するつもりもない。第一、今日の本題は別なのだ。祈理は傍らの春明と目配せすると、短く息を吸い、磐蔵をキッと睨んで口を開いた。

「……ところで局長。大正時代に、狐族の女性が京都市民の男性と恋に落ち、結婚した事例をご存知ですか？　狐の女性は周囲の反対を押し切って、その後の人生を人間として生きることを選び、異人達も結局それを認めたそうです」

「何を出し抜けに？　まあ、長い歴史の間には、そんな話もあったろうが……それがどうしたと言うのだね」

「続きがあります。その女性に押し切られる形で、御霊委員会は異人法に附則を設けたんです。大正九年十二月十日制定、『人間と婚姻《こんいん》関係にある異人は、当人の選択により社会的かつ法的に、異人としてではなく人間としてみなされることができるものとする』。ご存知の通り、現行の異人法、正確には異人福祉施工規則は、明治二十三年に施行された『伝承型特定属性人種ノ取扱管理ニ係ル規則』を引き継いでいますから、この附則もまだ通用します。ちなみにこれがそのページの写しです」

そう言うと祈理はバッグから透明なクリアファイルに入った書類を取り出した。例規集の見開きページのコピーだ。複写されたページの端はぼろぼろで、インクも滲んでしまっている。色褪せた古い文書の複写と一目で分かるそれを、磐蔵はファイルごと受け取ってざっと眺め、顔をしかめた。

「なるほど、君の言った通りの内容だが、これが何なんだ？　異人法には場当たり的に付け足された附則が山ほどあるのは百も承知だ。いい加減に結論を言いたまえ」

「はい。……じ、実はですね」

祈理はそこで一旦言葉を区切り、隣に立つ春明を見た。行きますよ、と目で伝えれば、心なしか薄赤くなった顔の春明が無言でうなずく。その様子を確認すると、祈理は磐蔵に向き直り、恥ずかしさを堪えて口を開いた。

「実は！　わたしはこの五行主任と付き合っていて、先日結婚しました！　と言うか、してました！」

「は――な……何だと？」

「無論婚姻届も提出済みで、これがその控えです！　どうぞっ！」

勢い任せで言い切った祈理が、バッグからもう一つのクリアファイルを取り出す。ファイルに入っているのは、京都市のロゴの入った正式な婚姻届の控えだ。呆然とする磐蔵にそれを押し付け、ついでに附則のコピーをふんだくると、祈理は畳みかけるように続けた。

「恥ずかしくて言い出せませんでしたし結婚指輪も付けていませんが、そういうことなんです。お伝えするのが遅れてすみません！　ご覧の通り、婚姻届の受理日は先週六月十六日、局長があの通達を出された六月二十日より前です。そうですね？　ほら、ここに書いてあります。六月十六日って。ですね？」

「た……確かに……いや、待て。だが」

「最後まで聞いてください、今はわたしが話しています！　この結婚により、主任には先の附則が適用されることとなりますから、本人の判断如何《いかん》によって人間としての処遇を得ることが可能となります。ここで主任の答を聞きますね。主任、人としての扱いを望みますか？」

「望む」

「ありがとうございます！　ということは主任は規則上は異人ではなくなりますから、異人が公職に就いてはいけないという規定は適用されなくなります。つまり！」

「先の免職の通達は無効になるってことだな」

祈理の説明の最後の部分に、春明の声が被さった。わたしが最後まで言いたかったのに。祈理は春明を睨んだが、春明は磐蔵を見据えたままだ。一方、磐蔵は呆然とした顔で手渡された婚姻届の控えを見据えていたが、ややあって絞り出すように声を発した。

「そんな……そんな例外規定の存在は聞いていないぞ……！」

「局長もご自分で仰ったじゃないですか。異人法には場当たり的に付け足された附則が山ほどあるんです。データ化もされてませんから、全容を把握されてないのも仕方ないとは思いますが、わたしはあれを全部読みました」

「お前そういう奴だもんな。ベタな委員長か」

「主任ちょっと黙っててください！　わたしは例規集を熟読しましたし、その上で申し上げているんです。局長は読み通されたんですか？」

「い、いや、読み通してはいないが――だが、それ以前にだ！　君達がそういう関係にあったなんて話こそ初耳だぞ！　そうなのか白獣！」

「え。あ——ああ、おう」

息を荒げる磐蔵の視線を受け、春明は少しだけためらったが、おずおずと首を縦に振った。白い肌を薄赤く染め、駄目押しのように「そうだとも」と言い足す。

「言い出せなかったが、その通りだ。俺はこいつと——そう、あれは確か四月の末から付き合い始め、色々あって、先日籍を入れた」

「何を抜け抜けと……！　結婚するまでが早すぎるぞ！　不自然だ」

「正直俺もそう思う」

「何？」

「もとい！　今のは無しだ！　早いのは当然なんだ、好き合っちまったものは仕方ないし、何より、俺はこいつをあい——あい、あいあい」

「主任、南の島の猿を呼んでるんじゃないんですから。しっかり」

言葉に詰まる春明を、祈理は思わず肘で小突いた。赤い顔の式神をじろりと見上げ、練習したでしょう、と言外に伝える。と、春明はようやく観念したのか、目を閉じ、拳を握って言い切った。

「愛しているからだ」

「よくできました！　そしてわたしも主任を——右に同じです、はい」

「なっ――お前卑怯だぞ！　そこは自分も言うってことに」

「文句は後でお願いします！　というわけで局長、申し上げた通り、わたし火乃宮祈理は――姓が変わりましたから五行祈理は、五行春明主任と六月十六日に結婚していました。この結果、主任には大正九年制定の附則が適用されますから、公認陰陽師の職を解く根拠はなくなります。よろしいですね？」

さあどうだと言わんばかりの勢いで、祈理は磐蔵に向き直って胸を張った。さっきから騒がしすぎる気もするが、そうでもしないと恥ずかしさが誤魔化せないのだから仕方ない。バッグを摑む手にぎゅっと力を込めていると、隣の春明がちらりと片目を向けた。

――ほんとにこれで上手く行くんだろうな。

――多分。でも、今のところは成功ですよ。

春明に横目で応じながら、祈理は磐蔵を見据え続けた。

なお、祈理が磐蔵に示した婚姻届の控えは、言うまでもなく偽物である。古美術品の鑑定書の偽造に長けた天全が、祈理の依頼に応じて腕を振るった渾身《こんしん》の一作だ。

本当に婚姻届を出してしまう手もあったが、磐蔵が通達を出した日付より後で結婚したところで、解職命令を無効化することはできない。というわけで祈理は天全に偽の書類作りを依頼し、天全は「何が悲しうて、あれと祈理ちゃんの婚姻届を作らなあかんねん」とボヤきながらもしっかりと良い仕事をしてくれたのだった。

無論、偽の控えを作っただけで実際に入籍したわけではないので、市役所で戸籍を照会されたらすぐバレる。出勤前のプライベートな時間を狙って押しかけたのはそれを防ぐためだ。

この一連の計略を聞かされた時、春明が頭のおかしい馬鹿を見るような顔をしたことを祈理は思い出す。まあ確かにいきなり「結婚しましょう」と持ち掛けたのは自分が悪かったし、部屋からつまみ出されたのも仕方ない。だが、祈理が順を追って説明した結果、考えを理解したのか、あるいは単に開き直ったのか、春明は溜息交じりで計画を承諾してくれたのだ。

さあ、ここまでくればもう一押しだ！　自分を励まし、祈理は磐蔵の手から控えを取った。精巧な出来栄えではあるが、ずっと見せておくのは危険だ。

「わたしから申し上げたいことは以上です。分かりにくいと仰るならば、もう一度、最初から説明させていただきますが」

「いや、その必要はないが……しかし」

「しかし、何でしょうか？　主任が公認陰陽師に復帰できる――いえ、そもそも解職自体が無効であることは、もう充分にご理解いただけたかと思いますが」

「諦めろ磐蔵。こっちの理屈は完璧だ」

祈理の後を即座に受けた春明が、腕を組んで畳みかける。反論する術が思いつかないのか、磐蔵は無言のまま二人を睨んでいたが、ややあっていきなり地面を踏みつけた。どん、と響く大きな音。同時に、磐蔵の見開かれた両眼が祈理を睨み、その口から唸るような怒声が漏れる。

「くそっ……！　お前の計略なのか、火乃宮……？　そうなんだろう、そうなんだな！　貴様……なぜそこまでして私に逆らい、その式神を――陰陽課を復活させようとする？　私はお前の上司で管理職だぞ？　お前のクビなど簡単に切れるし、それに枕木のように呪ってやることだってできるんだ！　なのに――なぜ……？」

本気で分からないのだろう、磐蔵が祈理に問いかける。

なぜって、そんなの答は簡単じゃないか。気圧されないよう踏み留まりながら、祈理は磐蔵を眼鏡越しにキッと見返し、そしてきっぱりと口を開いた。

「なぜなら、わたしは公務員だからです」

「……何？　ど、どういう意味だ……？」

「分からないんですか？　四月一日にわたしは局長に言いましたよね。公務員は全体の奉仕者、社会の全てに公平に尽くす仕事です。全体の——京都市の一員である異人さん達が困っていて、そのために働けるのが元陰陽課のわたし達しかいない以上——そして、京都市職員としてあなたから辞令書を受け取った以上！　わたしは絶対に諦めませんし、折れません。そういうことです！」

力強く言い切る祈理。その啖呵《たんか》に驚いたのか、隣で春明が小さく息を呑む。一方、磐蔵はしばし呆然としていたが、ややあって再度「くそっ！」と叫んだ。

「馬鹿な……なぜだ！　私の計画が、こんな——こんなくだらないことで……！」

怒りに全身を震わせた磐蔵がぶつぶつと声を漏らし、その全身から淀んで凝った空気が漂い始める。晴れた朝とは思えない陰気な風に、祈理はハッと息を呑んだ。同時に春明がニタリと笑う。

「それを待ってた！　てめえ、やっぱり異人だったか……！」

「だ、黙れ！　くそ、千年越しの恨みを晴らせるはずが、どうして——！」

「千年？　それに、その気配——なるほどな！　そういうことか！」

磐蔵のぼそりと発した一言に、春明が食い付いた。分かったぞ、と祈理に短く告げると、銀髪の式神はポケットに手を突っ込んだまま一歩前に進み出た。

目つきの悪い両眼に、力強い光が宿る。偉そうに堂々と胸を張って肩をいからせ、見下すような上から目線。公務員としてはあるまじき――そして、祈理にとっては懐かしくも頼もしい態度で磐蔵に相対した春明は、尖った歯を見せてニッと笑った。

「やっとボロを出してくれたな！　お前みたいな理詰めで計画を練るタイプは、予想外のところから追い詰められたら尻尾を出すのがお約束だ。駄目元だったが、やってみて正解だったな、ええ？」

「何？　そうか、まさかお前ら――全部、芝居か……！　どうなんだ火乃宮！」

「いや、それは」

「素直に答える道理はねえし、今は俺がお前の話をしてるんだ！　これでも俺は、平安の御世から京の街を護らせて貰ってる式神様でな。気配さえ感知できれば、そいつの正体は分かるんだよ。お前も異人の癖に、よく俺の身分を論えたもんだな！」

春明が勝ち誇ったように吠えたが、磐蔵は悔しげに見返すだけで何も言わない。攻守が逆転した二人を前に、祈理は春明に問いかけた。

「でも、局長って人間じゃないんですか……？　経歴はしっかりしてましたよ」

「規則上の異人の定義を思い出せ。第二条の二だったか？『霊もしくは非実体型の異人に憑依され、不可逆的な変容を遂げた人間、動植物、器物は異人として扱う』ってのがあったろうが。……そう言や磐蔵、お前はこの北野天満宮の近くで事故ってから、人が変わったように優秀になったたって話だったな？」

「な——そ、それがどうした……？」

「いい反応だ！　そうだよ、俺はそこに最初に気付くべきだったんだ！　事故の時に本当の磐蔵立彦は死んで、お前がそれに取り憑《つ》いた！　事故以来人が変わった、じゃねえ。実際に中身が変わってたんだな！　そうだろう！」

「ちょ、ちょっと主任、質問！　お前お前って言ってますけど、誰のことです？」

「北野天満宮の近くに封じられている妖怪は何だ？　平安京に順応するのをよしとせずに抗い、陰陽師や武士に滅ぼされ祀られた土着の異人と言えば？」

つい口を挟んでしまった祈理に、春明は答ではなく問いを返す。え、何でしたっけ、それ？　前にも聞かれたような気がするけど……。とっさの質問に詰まった祈理を無視し、春明はすぐに磐蔵に向き直った。磐蔵は小刻みに震えるだけで何も言わない。

そんな上司を前に、春明はさらに踏み出した。

「道理で俺の素性を知ってるわけだ。あの時代、平安京で顔を合わせてたんだからなあ！　あの時代の生き残りだとすれば、見様見真似で陰陽術を使ってみせるのも納得ってもんだよ。……なあ、そうだろう？　土蜘蛛の旦那！」

「いかにも左様ッ！」

磐蔵が声を張り上げた。

完全に開き直ったようで、体の震えは止まっており、その両目には赤黒く鋭い光が宿っている。鬼気迫る容貌で身構える磐蔵を前に、祈理が思わずびくりと怯えれば、春明が気遣うように振り返った、

「大丈夫か」

「大丈夫です」

短く息を吸って呼吸を整え、逃げそうになる脚を抑え込む。穏仁に襲われた日の自分とは違うのだ。陰陽課を元に戻すためには、こんなところで腰を抜かしている場合ではないし、それに主任だっている！　ですよね、と自分を庇う春明の背中に問いかけると、祈理は改めて磐蔵に——土蜘蛛に目を向けた。

先のやり取りからすると、元々は純正の人間で京都市職員だった磐蔵は事故で死んでしまっており、その体に、天満宮の近くに祀られていた妖怪の霊が取り憑いているということらしい。随分とややこしい状況だが、まあ理解はできなくもないし、それよりも気になることがある。祈理はおずおずと春明の隣に並んで問いかけた。

「あの……教えて貰ってもいいですか？　どうしてこんなことをしたんです？」

「決まっているだろう。腹いせだ」

祈理の問いかけに土蜘蛛が即答する。赤黒い眼光で祈理と春明を睨んだ土蜘蛛は、ふいに卑屈な笑みを浮かべると、ひきつった顔で話し始めた。

「お前達なら知っているだろう……？　この街の異人どもは、すぐに千二百年の平穏だの伝統だのと口にする。まるで千二百前から歴史が始まったような口ぶりでな。だが、そんなことは決してない。私は――私達は、その前からここにいたんだ！　平安京遷都のもっと前から……！　なのに……！」

「……あー、つまり、あれか？　邪魔者扱いされて駆逐されちまった身としては、人の築いた街に順応して安穏《あんのん》と暮らしてやがる妖怪が許せなかったから、混乱させたかったってことか？」

「その通りだよ式神！　塚から解放された直後、偶然手に入れたこの体は、幸いにも役人のものだった。この機会を利用しない手はない。だから私は死に物狂いで成り上がり、陰陽課と公認陰陽師を管轄する部署の局長の座を手に入れた！」

「……ああ。そこは不思議な力とかは使ってないんですね」

「当然だろうが。怪しまれたらお終いだからな。そして今年、ようやく舞台は整った。封印を解いて穏仁を放ったのも、賽とかいう鬼の頭目を襲ったのも、全ては異人どものぬるま湯めいた関係を揺るがすためよ。不穏な空気を濃くした上で問題解決を担当する部署を消せば、元々他の連中を良く思っていなかった異人どもはいがみ合い、この街に漂う仮初《かりそめ》の平穏は瓦解《がかい》する。私は……それが見たかったのだ！」

一気に計画を説明し終えた土蜘蛛が、自慢げに両腕を大きく広げた。表情や仕草からすると「驚いたか！」と言いたいようだが、しかし。祈理が複雑な顔を春明に向けると、春明はこれ見よがしに大きな溜息を吐いた。

「回りくどい上にみみっちい計画だな」

「で、ですよね……」

吐き捨てるような春明の一声に、祈理は小声で同意した。

元の磐蔵は、だらしなくて乱暴な人だったと聞いている。そんなレベルから局長まで出世するのは大変だったろうに、よくもまあ。人が変わった——つまり、土蜘蛛に入れ替わった後の評価は実際に高いらしいから、仕事はきっちりやったのだろうが……。

感心しつつ呆れる祈理と顔を見合わせた後、春明は眉をひそめて問いかけた。

「よく分からんのだが、何でそんな回りくどい手を選んだ？　賽を昏倒させられるくらいなら、市内の異人どもを片端から殴り殺すことだってできただろうに」

「そんなことをして何になる？　私が望むのは復讐《ふくしゅう》ではない。腹いせの憂さ晴らしなのだ。みっともないと言わば言え！　土蜘蛛族はとうに絶え、かつて共に人間どもに抗った同志も今はない。できることはこれくらいしかなかったのだよ……！」

全面的に開き直った土蜘蛛が、立ち尽くしたまま自嘲気味に言い放つ。それを聞いた春明はくだらなそうに顔をしかめたが、祈理の心中には別の感情が生まれていた。

平安遷都以来この街に暮らす異人達は、確かに古い住人だ。だが、千二百前より昔、平安京が築かれる以前からここには誰かがいたのでは？

いつだったか覚えた懸念が、強く色濃く蘇る。やはり、この土地にはもっと古い住人もいたのだ。そして彼らが排斥《はいせき》されていたことに、自分は思いが至っていなかった。

そんなことでは、異人も人間もひっくるめて守り、彼らに奉仕する陰陽課の職員としては失格だ。深い自戒が祈理の心に突き刺さり、婚姻届の控えを摑む手に力が籠もる。だが、磐蔵に同情しかけた祈理が、「主任」と口を開こうとした時だった。ふいに磐蔵が大きく足をたわめ、祈理に飛び掛かった。

「この際――貴様だけでも！」

「え？　わたし？」

「くそ、隙を狙ってやがったか！　下がれ祈理！」

呆ける祈理の肩を摑んで後退させ、春明が前に飛び出した。突き出した右手が中空に五芒星を描き、ばしん、と電気が弾けるような音とともに、磐蔵の体が真後ろへ撥ね飛ばされる。卑怯者が、と春明が吠えた。

「狙うなら俺だろ！　朱雀、玄武、白虎、勾陣、南斗、北斗、三台、玉女、青龍！」

以前水の精に使った不可視の檻《おり》が、着地した土蜘蛛の周囲に形成される。捕らえた、と祈理は思ったが、土蜘蛛は難なく檻を突き破り、高らかに笑って再び撥ねた。

「温《ぬる》いぞ！　陰陽師最盛期の時代に生きたこの私に、その程度の術が通じるか！　長らく放置されて弱った式神風情の術などが！」

北野天満宮本堂の大屋根まで舞い上がった土蜘蛛が笑い、瓦屋根を蹴って飛ぶ。どうやら磐蔵になり替わったあの異人は、春明の力を越えているようだった。

「主任どうしま」

「俺を見ろ！　手を叩いて俺の名を呼べ！　本名の方を！」

困惑した祈理の声に、春明の命令が被さった。

見ろ、手を叩け、名前を呼べ？　この状況でいきなり何を言い出すんだ、この人は。

祈理はいっそう戸惑ったが、土蜘蛛はもうすぐそこに迫っている。ああもう――何だか分からないけど信じますよ、主任！　心の中で短く叫ぶと、祈理は春明をまっすぐ見据え、息を吸って声を発した。

「――『白獣』！」

祈理がその名を呼んで、柏手を打った、その瞬間。

春明の姿が一変した。

「っっしゃあああっ！　力が——戻ったあああああッ！」

虎のような咆吼《ほうこう》とともに見慣れた黒のスーツが消え失せ、古風な着物が春明の体を覆う。ぴったりとした黒の単衣《ひとえ》を身に纏い、その上に重ねているのは純白の袍《ほう》。貴族の正装であるその上着には、虎の縞《しま》を思わせる文様が金糸で織り込まれていた。大口の袴《はかま》は黒一色で、腰に巻いた深紅《しんく》の平緒《ひらお》には豪奢《ごうしゃ》な飾太刀《かざりたち》が下がっている。冠がないことを除けば平安時代の正装だ。

いつか記録写真で見たのと同じ姿を目にして、祈理は直感的に理解した。

これが春明の——式神「白獣」の、本来の有り様だ、と。

漲《みなぎ》る覇気で裾と袖とを翻しながら、銀髪の式神が襲い来る土蜘蛛をまっすぐ見据えて不敵に笑う。清浄な銀の眼光に射《い》竦《すく》められ、中空の土蜘蛛が悲鳴をあげた。

「ば——馬鹿な！　そんな」

「今さら慌てても遅えんだよ！　ほら行くぞ——朱雀、玄武、白虎、勾陣、南斗、北斗、三台、玉女、青龍ッ！」

焦る土蜘蛛を前に、春明が再び中空に九字の印を描く。一瞬後、先の術と同じとは思えない桁違《けたちが》いの不可視の打撃が土蜘蛛に襲い掛かり、その体を弾き飛ばしていた。

「があああああああッ！」

くぐもった悲鳴とともに土蜘蛛の体が吹っ飛び、激しい土煙を巻き上げて地面に突き刺さる。土蜘蛛は震えながらも顔を上げたが、その眼前には既に春明が立ちはだかっていた。びくっと怯える土蜘蛛に、春明がドスの利いた声を投げつける。

「結界にはこういう使い方もあるんだよ。まだやるか？」

「私を……どうする気だ？　また、塚に封じるのか……？」

「相手が異人と分かった以上、手加減する気はねえよ。お前みたいな危ない野郎、跡形もなく消滅させるに決まってるだろ。――東海の神、名は阿明《あめい》、西海の神、名は祝良《しゅくりょう》、南海の神、名は巨乗《きょじょう》、北海の神、名は禺強《ぐきょう》、四海の大神の御名の下に、百鬼を退け、凶災を――」

「ま、待ってください！　そこまで！　主任ちょっとストップ！」

右手を構えて妖怪消滅の祭文を唱えようとした春明だったが、ふいに祈理がその袖を引いた。まさか邪魔されるとは思っていなかったのだろう、春明は不審そうに祈理を見据え、くずおれたままの土蜘蛛も同様に困惑気味だ。そんな二人を前に、祈理は「待っててくださいよ」と念押しすると、屈み込んで土蜘蛛に向き直った。

「磐蔵局長……あ、いや、土蜘蛛さん？　取引するつもりはありませんか？」

「取引……？」

「ええ。局長権限で陰陽課と主任の待遇を元に戻して、もう何もしないって約束してくれるならあ痛たたたた」

祈理の問いかけが途中で途切れた。春明が祈理の後ろ髪を摑んで無理矢理立たせたのだ。何するんですか、と睨む元部下に、銀髪の式神は呆れかえった目を向けた。服装こそ古風で上品になったが、中身は変わっていないようだ。

「何するんだってのはこっちの台詞《せりふ》だ。お前、何を考えてんだ？　このニセ局長を許して放免する気じゃあるまいな？」

「主任。わたし達は何ですか？」

春明の問いかけに祈理の疑問が切り返す。意味が分からず「はあ？」と目を剝く春明だったが、祈理はきっぱりうなずき、続ける。

「さっき言いましたよね。わたし達は公務員、全体の奉仕者なんです。異人さんを含めた市民全員のためにある仕事なんですから、無闇に罰するのは良くないですよ。この人も――土蜘蛛さんも、異人さんの一人なんですから」

「……お前、マジで正気か？　そいつが何をしたのか、分かってるよな……？」

「それはもう！　でも、いいですか？　磐蔵局長は陰陽課取り潰しの一件以外では真面目で有能な職員なんですよ？　それに、本来の磐蔵局長は事故で亡くなられたわけですから、土蜘蛛を封印したらこの方は……と言うか、この体はご遺体になっちゃうわけですよね」

「まあそうだな」

「でしょう？　それは市役所的には不利益ですし、局長のご家族だって悲しまれると思います。駄目ですよ、そんなの！」

「そりゃあそうかもだが……だけどな、また何かやらかしたらどうすんだ」

「考えたくはないですけど、そうなったら今度こそ完全に封印か退治するしかないと思います。でも、よく分かりませんけど、主任、パワーアップされたんでしょう？　またやりあっても、今みたいに勝てますよね？　というわけで、どうですか土蜘蛛さん。そうそう、もう一つ、主任の正体を誰にも言わないことも約束してください」

再び腰を落とした祈理が、真面目な顔で懇々と語る。土蜘蛛はぽかんとして聞き入っていたが、ややあってゆっくりと体を起こし、不安げに小さくうなずいた。

「滅されることを思えば、それくらいの条件、いくらでも守れるが……」

「本当ですか？」

「あ、ああ……。だが、私が良くても、そいつが何と言うか……」

祈理に隠れるように身を縮めた土蜘蛛が、怯えながら春明を見上げてつぶやく。だが春明はがりがりと乱暴に頭を掻くと、忌々しそうにうなずいてみせた。

「その条件を守るなら、口を挟むつもりはねえよ。全部、磐蔵立彦に取り憑いたどこその悪霊の仕業で、それを祓って解決したってことにしてやる。それでどうだ」

「え？　あ、わ――分かった。誓う。誓うとも……！」

「い、いいんですか主任？　ありがたいですけど……でも」

でも、どうして急に考えを変えたんです？　正直、絶対反対すると思ってたんですけど、と祈理が視線で問いかける。と、春明は言いづらそうに目を逸らし、袖を掻き分けて腕を組んで溜息を吐いた。

「土蜘蛛を滅したところで陰陽課が元に戻るわけでなし、だったら利用させて貰おうと思っただけだ。それに何より――主人の言葉には逆らえんからな」

ちらりと祈理に横目を向けながら、春明がやるせなさそうに言い放つ。よく分からない説明に、祈理はきょとんと首を傾げ、そしてずっと手にしていた婚姻届の控えに目を向けた。

「主人？　もしかして、配偶者ってことですか……？　だとしたら主人はそっちですし、第一、これはあくまで局長を揺らがせるための方便で」

「夫って意味じゃない。式神を所有し使役する本体という意味の主人のことだ」

「……そ、それがわたし？　いや、そんな話は初耳ですけど」

「さっき手を叩いて俺の本当の名前を呼んだろうが。あれで式神と主の契約は成立した。今の俺はお前の使役神で、お前は俺の所有者だ」

白い肌を薄赤く染めたまま、早口で語る春明である。それを聞いた祈理は「え」と間抜けな声を漏らして固まり、思わず傍らの土蜘蛛に問うていた。

「そういうものなんですか、土蜘蛛さん……？　あんな簡単に？」

「何だ。知らずにやったのか？　後、私のことはできれば磐蔵と呼んでくれ」

「あ、すみません。気を付けます――って、それより主任！　そんな大事なこと、何で説明もなしにやらせるんですか！　主任を所有とか言われても困りますよ」

「仕方ないだろ。式神ってのは主との契約を糧に動くんだ。千年以上動き続けてきた身では、土蜘蛛を止めるには力不足だったし――それに、まあ、何だ。さっきの啖呵を聞いて、お前なら相応《ふさわ》しいと思っちまったような、一時の気の迷いのような……」

「よく聞こえないんですけど。こっち向いて言ってくださいよ」

「うるせえ！　ともかくそういうわけだから、改めてよろしく頼むぞ、主《あるじ》」

「はっ、はあ……こちらこそ……」

使役される側とは思えない態度の春明に肩を叩かれ、祈理は呆然と応じることしかできなかった。丸く収まって一安心のはずなのに、全然心が落ち着かない。

……この後、どうすればいいんですかね。てか、どうなるんでしょうかね？

祈理は思わず視線で尋ねたが、春明はあっさり目を逸らしてしまったのだった。

☆☆☆

「皆様ご承知の通り、本日付で、磐蔵局長の提案された例外規定が御霊委員会の臨時会議で可決されました。これに伴い、異人であっても信任を得た場合は公職に就くことも可能となりましたので、ようやく五行春明君は名実ともに公認陰陽師ならびにいきい生活安全課の主任に復帰することとなったわけであります。本日はそれを祝しまして、また、実施できていませんでした火乃宮祈理さんの歓迎会ならびに本課の親睦会を兼ね、席を設けさせていただいた次第です。なお、本来であれば本課職員のみの会とさせていただくところですが、ご本人からの強い申し出により、特にご尽力いただいた御霊委員会の油小路天全様にもご参加いただきまし」

「おっさん、挨拶が長いぞ。狐が来てることなんて見りゃ分かるんだよ、四人しかいねえんだから」

「確かにそうですね。では皆様、ご唱和ください。乾杯」

「乾杯！」

　枕木課長の音頭に合わせ、一同は声を揃えてビールのグラスを掲げた。

三条大橋を臨む木屋町の一角、鴨川沿いに設けられた川床である。縁台のように川へ張り出した席上には、四人で囲める鍋とコンロが備え付けられていた。夜の屋外ではあるが、淡いオレンジ色の灯明以外の光源はなく、左右や対岸にも眩しい灯りは見当たらない。ささやかな光を反射する暗い川面を撫でてくる風はひやりと涼しく心地よく、祈理はそれを意外に感じた。

　京都の夏はただでさえ蒸し暑くて辛いのに、そんな時期に空調もない屋外での宴席で、しかもメニューは鍋。聞かされた時は絶対に暑いと確信したのだが、むしろ涼しいくらいである。思い込みは良くないと祈理は自分を戒め、グラスを少し傾けた。

　祈理と春明が磐蔵と密約を交わしてから十日あまりが経っていた。磐蔵こと土蜘蛛は、約束通り、陰陽課の体制をすぐに元に戻してくれた。一連の事件は全て磐蔵に取り憑いた悪霊の仕業だったという話が流れた結果、ギスギスしていた市内の異人達は落ち着きを取り戻しつつある。慣例で済まされてきた春明の扱いも、祈理の提案を受けた磐蔵の発議により、今日付けで合法的なものになった。

一時はどうなることかと思ったが、とりあえずは一件落着だ。やれやれと安堵しながら鶏肉や野菜が煮えるのを待っていると、向かいに座った枕木が祈理に向かって声を掛けた。あまり酒には強くないようで、既に顔が薄赤い。

「どんどん食べてくださいね。万事上手く収まったのも、火乃宮さんのおかげです」

「いえそんな……。わたしはそんな大したことは」

「何を仰います。……まあ、私も一応手を回していたのですが、先を越されてしまいましたからね。磐蔵局長が異人という証拠があれば交渉できると思って探っていたのですけど、まさかあんな力技でどうにかしてしまうとは」

「そ、そのことは本当にすみません……。課長の努力を無にしてしまいまして」

「別にお前が謝るこっちゃねえよ」

呆れた様子で口を挟んだのは、祈理の右前に座っていた春明である。契約直後は平安装束だった春明だが、今は見慣れたスーツ姿に戻っている。力が戻ったので服装を切り替える術が使えるようになったらしい。食事不要の式神は、手酌でビールを注いで飲み干し、祈理にじろりと横眼を向けた。

「しかしまあ、あの杓子定規で規則規則のド真面目が、まさか偽造文書を使うとはなあ。随分変わったもんだ」

「それは呆れてるのか褒めてるのかどっちなんです？」

「どっちもだ」

へっ、と鼻を鳴らした春明が、再びグラスに口を付ける。その横顔を眺めながら、祈理は「確かに」と心の中でつぶやいた。実際、自分は変わったと思う。あんな非合法な手段は、半年前——いや一月前の自分でも考え付かなかったろうし、考え付いても実行していなかったはずなのだ。

それをやってのけられたのは、優先順位が付けられるようになったからだろう——と祈理は思った。規則に使われ、振り回されるのではなく、異人を含めた全体への奉仕という目的のために規則を使うのが公務員。そのことをしっかり理解できたからこそ、自分は堂々と偽の婚姻届の控えを持って磐蔵に挑めたのだ。

……まあ、だからと言って、自分のやったことが正当化されるわけではないが。言いそびれていることもあるわけだし。

「主任もありがとうございました。正直、断られるかと思ってましたよ」

「打てる手があれば打つって言ったろうが。しかしお前のくそ真面目さも、たまには役に立つもんだなあ。異人が市民と結婚したら人間扱いだなんて決まり、俺は全然知らなかった。おっさん知ってたか？」

「私も初耳でしたね。附則だらけのあの例規集、ちゃんと整理しなければと改めて痛感したところで……おや。どうされました火乃宮さん。顔色が良くないですが」

「え。そ、そうですか……？」

枕木に心配そうな視線を向けられ、祈理は思わず目を逸らした。涼しいはずなのに、汗が一筋頬を伝う。こうなる理由は分かっている。どうしようかな、言うなら今だよね。短く自問自答すると、祈理はふいに姿勢を正し、そして大きく頭を下げた。

「すみませんっ！　ずっと言いそびれてたんですが、実は、あんな例外規定はないんです！　狐と人が結婚した前例は確かにありましたが、わざわざ新しい規定なんか設けられてませんでした！　申し訳ありません！」

「……ほう？」

「何？　マジか？　いや、しかし、お前、例規集のコピー堂々と出してたじゃねえか。あれはどう見たって本物の――」

「ああ。あれも僕が作ったんや。ニセモノの婚姻届と一緒にな」

軽い口調で春明を遮ったのは、祈理の左前に陣取った天全だ。若旦那風の妖狐は、ね、と祈理に同意を求めると、枕木や春明に向き直って自慢げに笑った。

「贋作屋来ツ寝堂、一世一代の大傑作の偽文書やで。祈理ちゃんに頼まれたら手は抜けまへんさかいな。どや、いい出来栄えやったやろ？」

「ああ、確かに――待てよ。じゃあ何か火乃宮？　お前、偽の婚姻届と偽の規則で磐蔵を脅したのか？　よくもまあそれで胸を張れたな！　大嘘つきじゃねえか！」

「うう」

「そう責めたりいな。普段から規則と前例を大事にしてた祈理ちゃんやからこそ使えた手やで？　……まあ、アイデア聞かされた時は僕もびっくりしたけどな。公務員のやることではあらへんで」

「す、すみません……！　天全さんと話した後、色々考えたんですが、これしか思いつかなくて……。というわけで課長……この件は実はそういうことなんです……。減給でも降格でも何でもお受けしますので、ここは厳しい処分を一つ」

「できるわけないでしょう」

恐る恐る自分を見つめる祈理を前に、枕木がばっさりと言い切った。煮えつつある具材を掻き回し、考えてもみてください、と溜息を吐く。

「せっかく収まった一件をまた蒸し返すつもりなのですか？　全て不問にさせていた

「だきますので悪しからず」
「え？　でも、いや、良心の呵責的にですね、罰していただかないとすっきりしな
いんですが……。自主的に始末書でも書きましょうか」
「誰が読むんだそんなもん。勝手に苦しめ。で、辛かったらその分働け」
春明に冷たい言葉を浴びせられ、祈理はしゅんと縮こまることしかできない。すみ
ません、と繰り返していると、天全がニヤつきながら身を乗り出した。
「ところで祈理ちゃん、偽の文書作ったお礼の逢引《あいびき》がまだなんやけど」
「何だそりゃ？　おい火乃宮、お前、そんな約束したのか！」
「し、してませんよ！　確かに、お礼するとは言いましたけど……天全さん、駆け落
ちの時もそうでしたが、冗談が過ぎると思います」
「これは失敬」
春明に摑まれた手を振り払い、天全がへらへらと席に着く。羽織の袖に腕をひっこ
めた妖狐は、それにしても、と言いたげに祈理と春明を見比べて首を捻った。
「しかしあれですなあ。陰陽課が元に戻ってからこっち、五行はんはやたら祈理ちゃ
ん庇うようになりましたなあ」
「何だと？　そんなことは――」

「そんなことありまっせ。前はド新人呼ばわりやったのが名前で呼んでるし、それに、祈理ちゃんかてまんざらでもなさそうや。実によろしいですな」

からかうように二人に語りかけ、ニッと微笑む天全である。それを聞くなり、祈理と春明はほぼ同時に顔を見合わせ、そして同時に顔を赤く染めていた。

……実はですね、色々あってこの人はわたしに仕える式神になったので、だから守ってくれてるんだと思います。呼び方も、最初は「主」とか「主人」と呼ぼうとしたので、どうにか説得して苗字呼びで落ち着けたんですが、気を抜くと忘れるのか、二人きりの時は「おい主」とか言われるのでその度に困っています……。

口には出せない反論が、祈理の心に長々と浮かぶ。このガラの悪い上司が自分の使役する存在であるという事実を、祈理はまだしっかり実感できていなかった。いつか受け入れられる日が来るのだろうかと悩んでいると、グラスを摑んだ春明がぼそりと問いかけてきた。

「ところで、ある……じゃない、火乃宮。あの偽の婚姻届の控え、どうした」

「何です急に。とっくにシュレッダー掛けましたよ」

「……そうか」

春明がふいに顔をしかめ、小さな舌打ちを漏らす。スーツ姿の公認陰陽師はその後何か言おうとしたが、結局無言でビールをあおった。どうしてそんなことを聞くんです？　祈理は理由を尋ねようとしたのだが、その時、傍らに置いたバッグの中で携帯が鳴った。取り出してみれば、液晶に表示されているのは賽の名前だ。

「賽？　どうせまた面倒な用事だろ。時間外なんだから放っとけ」

「そうはいきません」

勝手に覗き込んできた春明に、祈理はきっぱり言い返す。

主任には何度も助けて貰いましたし、感謝してますし、一部は尊敬しています。でも、そういう態度はやっぱりよくないと思いますよ、ほんと。そんなメッセージを視線で伝えつつ、祈理は通話ボタンに触れ、電話を耳に当てたのだった。

「はい。お世話になっております。陰陽課です」

参考文献

『平家物語』永井一孝（校）　１９１０　有朋堂
『新編日本古典文学全集10　日本霊異記』中田祝夫（校注・訳）　１９９５　小学館
『新編日本古典文学全集38　今昔物語４』馬淵和夫、国東文麿（校注・訳）稲垣泰一（編集委員）　２００２　小学館
『新編日本古典文学全集50　宇治拾遺物語』小林保治、増古和子（校注・訳）　１９９６　小学館
『源平盛衰記二』松尾葦江（校注）　平成5年　三弥井書店

あとがき

最初にお断りしておきますと、この作品はフィクションです。実在する場所や伝承を参考にしてはいますが、物語の都合上、改変している箇所も多くあります。また、作中に登場する自治体はあくまで作者の創作したものであり、実在の地方公共団体とは一切関係ありませんので、ご了承いただけますと幸いです。

改めましてこんにちは。峰守《みねもり》ひろかずと申します。お初にお目にかかる方、初めまして。「絶対城先輩《ぜったいじょうせんぱい》の妖怪学講座《ようかいがくこうざ》」などで峰守をご存じの方、お久しぶりです。（お初の方へ。「絶対城先輩」は本作と同じメディアワークス文庫より刊行中の「妖怪が出てこない」妖怪ものです。もしよろしければお手に取っていただけますと幸甚《こうじん》です。）

そんなわけで始まりました、「お世話になっております。陰陽課です」。峰守にとっては久々の新シリーズ、そして久々の妖怪がいる世界の話です。妖怪もの自体はずっと書いておりまして、作家になってこの方妖怪に食わせてもらいっ放しなのですが、妖怪がちゃんと実在する世界の話は久しぶりなので、何だか懐かしい気がします。たいへん居心地が良いです。

ただ、だったらサクサク書けたのかと言われると、これがそうでもないんですね。

平たく言えば難航しました。本作は「京都が舞台の陰陽師もの、主人公はコンビを組む」というアイデアから始まったのですが、書き進めたり直したりしている間に主人公の設定が変わり名前が変わり性格も変わり、それに応じて相棒の設定や性格も変わり、となるとお話も変わり……という感じで、ぐねぐねと改稿すること数ヶ月。結局最初に考えていた要素は五パーセントくらいしか残っていない気がします。なので大変だったのは確かですが、紆余《うよ》曲折《きよくせつ》・試行錯誤した甲斐あって、自分として好きな話になってくれたとは思っています。うん。

ただまあ、そんなのはあくまでこっちの都合でありまして。本や物語というのは読まれることで読み手の中で完結するものだと思いますし、こうして出来上がってくれた今となっては、ただただ楽しんでいただけますように、と願うばかりです。

閑話休題。紹介文にもありますように、本作の舞台は京都市です。滋賀県に住む私にとっては昔から馴染み深い場所なんですが、京都に行く用事となると映画とか買い物とか食事とか飲み会などで、ちゃんと観光したことは実はほとんどありませんでした。滋賀県民的には「電車一本で行ける大きな街」なんですよね、京都。

なので、その歴史や伝説については知識としてしか知らなかったのですが、本作を書くにあたって実際に回ってみたら、これがまあ楽しくてですね。そんな広い街ではないので徒歩で簡単に幾つもの妖怪スポットが回れるわけです。伝承で有名な社寺や場所がしれっと風景に紛れている雰囲気も面白くて、「あのお寺とあの神社ってこんな近いのか！」「繁華街のすぐ裏にあの有名なスポットが！」「あの妖怪にまつわるアレが普通に公園の中に！」などと感動してきました。近代的でありながら千年分の歴史が残っており、色んな人が生活したり訪れたりしている街、京都。そんな都市ならではの、落ち着きと賑わいが同居したあの独特の空気感が、少しでも文章で再現できていれば良いのですが、伝わりましたでしょうか。

もっとも、ただ街を描いたわけではなく、本作のモチーフと言うか元ネタはあくまで「京都に伝わる怪異や妖怪」。京都の怪異って数も多いんですが、知名度もなかなかで、妖怪好きの方なら有名な伝承や人物を幾つも挙げられるのではないでしょうか。なので本作ではモチーフとした話や妖怪をそのまま登場させるのではなく、原典の設定を踏まえた上で、一ひねり二ひねりを加えて使うようにしています。お詳しい方におかれましては、こいつの正体はあれかな、などと類推しながら読んでいただければと思っています。

では最後に、この場をお借りしてお世話になった方々への謝辞をば。担当編集の荒《あら》木《き》様、小野寺《おのでら》様、紆余曲折と試行錯誤にお付き合いいただきましてありがとうございます。おかげさまで形になりました。イラストを担当してくださった四季《しき》アミノ様、温かみのある絵をありがとうございます。自作のイラストを初めて拝見する時はいつも「ああ、あなた達はこういう顔だったんですね」という気分になるのですが、今回はいつにもましてほっこりと温かい気持ちになれました。あと、取材（と称した京都市内徘徊《はいかい》）に付き合ってくださった同業者の丸山英人《まるやまひでと》様にも感謝を。現地には行きつつ作中には出せなかった場所も多いんですが、シリーズが続けば使いたいなあと目論んでおります。そして、この本を手に取り、ここを読んでくださっている、読者のあなた。物語を書き続けていられるのは、ひとえに読み手の方が支えてくださるおかげです。繰り返しになりますが、どうか楽しんでいただけますように。

さて、いきいき生活安全課の新人公務員・火乃宮祈理と京都市公認陰陽師・五行春明の仕事ライフは、（この一冊でもちろんエピソードは完結していますが）ある意味、始まったばかりです。仕事は慣れてからが本番とも言いますし、夏以降の京都は怪異にまつわるイベントが目白押しで、使っていないネタもたくさんあります。シリーズの今後については何とも言えないのですが、書きたい話はまだまだあるよ、とだけお伝えしておきます。書けますように。書ければいいなあ。

では、ご縁があればまたいずれ。お相手は峰守ひろかずでした。良き青空を！

峰守ひろかず

著作リスト

絶対城先輩の妖怪学講座（メディアワークス文庫）
絶対城先輩の妖怪学講座 二（同）
絶対城先輩の妖怪学講座 三（同）
絶対城先輩の妖怪学講座 四（同）
絶対城先輩の妖怪学講座 五（同）
絶対城先輩の妖怪学講座 六（同）

絶対城先輩の妖怪学講座 七 (同)
お世話になっております。陰陽課です (同)
ほうかご百物語 (電撃文庫)
ほうかご百物語2 (同)
ほうかご百物語3 (同)
ほうかご百物語4 (同)
ほうかご百物語5 (同)
ほうかご百物語6 (同)
ほうかご百物語7 (同)
ほうかご百物語8 (同)
ほうかご百物語9 (同)
ほうかご百物語あんこーる (同)
俺ミーツリトルデビル! (同)
俺ミーツリトルデビル!2 恋と人魚と露天風呂 (同)
俺ミーツリトルデビル!3 ひと夏のフェニックス (同)
選ばれすぎしもの! (同)
選ばれすぎしもの!2 (同)
選ばれすぎしもの!3 (同)

本書は書き下ろしです。

メディアワークス文庫

お世話《せわ》になっております。陰陽課《おんみょうか》です

峰守《みねもり》ひろかず

発行　2015年11月25日　初版発行

発行者　塚田正晃
発行所　株式会社KADOKAWA
〒102-8177　東京都千代田区富士見2-13-3
プロデュース　アスキー・メディアワークス
〒102-8584　東京都千代田区富士見1-8-19
電話03-5216-8399（編集）
電話03-3238-1854（営業）
装丁者　渡辺宏一（有限会社ニイナナニイゴオ）
印刷・製本　旭印刷株式会社

ISBN978-4-04-865501-9 C0193

メディアワークス文庫　http://mwbunko.com/
株式会社KADOKAWA　http://www.kadokawa.co.jp/

本書に対するご意見、ご感想をお寄せください。

あて先
〒102-8584　東京都千代田区富士見1-8-19　アスキー・メディアワークス
メディアワークス文庫編集部
「峰守ひろかず先生」係

かなえの八幡さま
瀬田ユキノ
かなえの八幡さま
瀬田ユキノ
メディアワークス文庫
——少女が経験する
ひと夏の出会い。

メディアワークス文庫
葉山透
続々重版！　人気拡大中!!
葉山透が贈る現代の伝奇譚
この現代において、人の世の理から外れたものを相手にする生業がある。修験者、法力僧――彼らの中でひと際変わった青年がいた。何の能力も持たないという異端者。だが、その手腕は驚くべきものだった。
0能者《れいのうしゃ》ミナト
0能者ミナト〈1〉～〈9〉
好評発売中!
発行●株式会社KADOKAWA　アスキー・メディアワークス

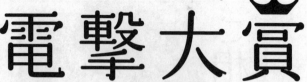